人間だけど魔王軍四天王に
育てられた俺は、魔王の娘に愛され
支配属性の権能を
与えられました。
1
左リュウ
ill. mmu

Contents

プロローグ

魔界は人間にとっては厳しく険しい環境である。

高濃度の魔力に加え、外界に比べて遥かに強力な魔物たち。

平穏と呼べる街にさえ、魔物の襲撃なんてザラにある。

そんな魔界を治めている魔王が最も信頼する四人の幹部こそが、『魔王軍四天王』である。


火のイストール。

水のレイラ。

土のアレド。

風のネモイ。


この四天王こそが魔王軍の最高戦力と呼ばれており、かつて魔界を滅亡の危機に陥れた魔神や邪竜の数々を葬り去った。更には全ての種族を滅ぼし、世界を征服する野望を抱いていた邪神を魔王や勇者たちと共に討ち、魔界だけでなく世界に平和と均衡を齎《もたら》してきた者たちだ。

戦後も平和維持に貢献してきた彼らはこの世界における英雄のようなものであり、実力も知名度も高い。なにしろ単体で国を滅ぼすことすら可能な四人である。相手になる者など世界中を見渡してもそうはいない。

「さて、どうしたものか……」

真紅のローブを纏い、眉間に皺を寄せながら魔王城の中を歩くのは『火』のイストールである。彼の得意とする『焔撃魔法』は、拳に焔を纏い敵に打撃を与える魔法だ。その拳は大地を砕き、闇を焦がし、天をも穿つ。真正面からの殴り合いを好む彼は、かつての『邪神戦争』においても変わらず、真正面から邪竜を殴り殺したという話はあまりにも有名で、人間界では英雄の物語として語り継がれている。

鋼をも砕く肉体を持つ大男は、かつてないほど難解な問題を文字通り抱えていた。

一人答えの出ぬまま魔王城の『四天の間』へと入ると、そこには残りの四天王も揃っており、イストールの腕の中に抱えられているソレを見て怪訝《けげん》な顔をする。

「あァら、イストール。脳筋のアンタが難しい顔をしていると思ったら……どうしたの、ソレ」

問うてきたのは、『水』のレイラである。

青く長い髪と、ローブの下にドレスを身に着けた妖艶な女性だ。その美貌は多くの男を魅了し、今も世界各国の権力者たちからの見合いが殺到しているほど。加えて彼女には水を操る能力があり、かつて街一つを呑み込むほどの津波が起こった際も指先一つで津波をおさめ、その街は今やレイラを女神として崇め称えている。

そんな彼女の言うソレとは、イストールの腕の中ですやすやと眠っている男の子の赤子である。

……魔族ではない――人間の、だ。

「拾った」

端的に答えると、緑色の髪をした少女がケラケラと笑った。

「あはははは！　イストールって、たまぁに面白いコトするよねぇ。まさか人間の赤子を拾ってくるとは思わなかったよ！」

イストールを笑っている、緑色のローブを纏った少女は『風』のネモイ。

風を自在に操り、時には天候を操り嵐を呼ぶことすら可能である。楽しいこと、面白いことが大好きであり、四天王の中では一番子供らしいというのが彼女だ。しかし、ネモイも四天王の一人。戦いとあらば戦場を駆ける一陣の風となり、誰よりも早く敵を斬り刻んできた。

「笑いごとではありませんよ。……イストールさん。その赤子、どこで拾ってきたんですか」

眼鏡をくいっと上げながら冷静にイストールに問いを投げかけたのは、黄色いローブを身に纏った青年。彼こそ『土』のアレドであり、魔法や魔道具といった様々な魔法関連の技術の研究開発に日夜勤しんでいる。彼の持つ技術で魔界だけでなく幾つもの国が救われており、その功績を称えられてこれまで千三百五十六の勲章を授与された。

「東にある魔の森だ。魔物に襲われかけていたところを発見してな……思わず連れ帰ってしまった」

「どうして人間の子が魔界の森に捨てられてるのよ」

「ふむ……この赤子、見たところ人間基準で考えても、生まれ持った魔力の量が少ないようですね。おそらく、そのせいで捨てられたのではないでしょうか」

アレドの見解に、レイラは露骨に顔をしかめた。

「………もしかして、貴族階級の子かしら」

「かもしれませんね。貴族階級において魔力の量と質は最も重要視されるもの。生まれ持った魔力の少ない子が捨てられるという話はたまにあると聞きます。加えて、魔界というのは人知れず不要な子を処分するのに適していますから」

なにしろ人間界よりも厳しい環境にある。どこかに放っておくだけで魔物や気候をはじめとする様々な環境が勝手に処分してくれる。

「人間ってさぁ～、別にそこまで嫌いじゃないケド、こーいうトコロは嫌いだな、ボク」

「珍しく意見が合うわね、ネモイ。アタシもよ」

「それは私も同意見ですよ、レイラさん。とはいえ……今はこの赤子をどうするかです」

全員の視線が一斉にイストールに集まった。

この問いを投げかけられることは目に見えており、既に答えは用意していた。

「オレが育てる」

「「「はァッ!?」」」

三人全員が目を見開き、叫び声をあげた。

「ちょっ、アンタ本気なの!?」

「本気だ。拾ってしまった以上、責任はとる」

「あはははははッ！　あはっげほっげほっ、あ、やばい。笑いすぎてお腹つりそう」

「イストールさん、ここは魔界ですよ!?　人間の赤子を育てるには不適切な環境ですし、何より子育てなんて経験ないでしょうアンタ！　っていうかこの場にいる全員がですけど！」

何しろ全員が、魔王に仕え、魔王軍の四天王としての日々に明け暮れてきた。

今でこそ世界は安定しているが、これまでの魔王軍四天王の日々に子育てといった経験が介入する余地などなかった。

「………やはり、ダメか？」

「ダメ……ってわけじゃァないんでしょうけどぉ……『子育て』って、大変だと思うわよぉ？　それに、アタシたち魔族でしょう？　人間を育てるなんて出来るのかしら……」

「しかしな、見てくれ。この子……かわいいぞ？　かわいくないか？　かわいいだろう？」

イストールの腕の中にいる赤子の顔を三人は覗き込む。

すやすやと可愛らしく眠る顔に、魔王軍四天王の面々の顔が綻んだ。

「……うん。いいオトコになりそうじゃない。将来が楽しみね」

「ボク的には面白い子になるって思うな！」

「私的にはしっかりと勉強して知識もつけていただきたいところです」

「オレが直々に鍛えて立派な戦士にしてやるのもいいだろう」

四天王の面々が赤子との生活に思いを馳せていると、当の赤子本人は泣き出してしまった。

「な、泣いてしまったぞ！　どうすればいい!?」

「知らないわよ！　アレド、何か良い策はないの!?」

「こ、ここここの場合は何とかしてあやせばよいかと！」

「よーし、ここはイストールの一発芸の出番だね！」

「一発芸だと!?」

「仕方がないわ。ここは譲ってあげるとしましょう」

「ええ。イストールさんの一発芸……しかと拝見しましょう」

「というわけでいってみよー！」

「貴様ら！　オレが一発芸出来るという前提で話を進めるな！」

ぎゃーぎゃーと騒ぎ立てていると、赤子は更に泣き声を大きくしていき、同時に四天王たちの慌てふためきようも大きくなった。魔王軍四天王が誇る世界最強クラスの四人が、たった一人の赤子相手に手も足も出ていない。

「ほら、観念して一発芸なさい、イストール！」

「ぐっ……！　仕方がない、こうなればオレの実力を見せてやろう……！」

イストールは考えた末、武骨な手で己の頬をつねった。彼なりの精いっぱいの変顔である。

「「「うわっ…………」」」

レイラ、アレド、ネモイの三人は全く同タイミングで、イストールの変顔に引いた。

「きゃっきゃっ」

だが、赤子には好評だったらしい。あっという間に泣き止むと、笑顔を見せた。

「見たか貴様らァ！」

イストールは渾身のガッツポーズと共に勝ち誇り、他の四天王の面々は苦い顔をする。

その後も奮闘のかいあって、何とか赤子を寝かしつけることに成功する。

四天王たちは全員がすっかりくたびれてしまっていた。

「つ、疲れました……赤子の相手が、ここまで体力を使うものだったとは」

「思ってた以上に大変なんだねぇ……」

「よもやここまでとは思わなんだ」

「まあ、でも………アレよね」

確かに疲れ切ってはいたものの、無邪気な寝顔を見せる赤子に全員が釘付けになっていた。

「………めちゃくちゃ可愛くない？」

「うむ……それは同意だ」

「大変だったけど……でもさ」

「悪くは、ないですね」

全員の気持ちが一つになったことを確信すると、四人は一気にソワソワとし始めた。

「まずは魔王様の許可をとった方がいいかしら」

「それは先んじてオレがとっておいた」

「へー！　イストールにしては準備いいねぇ！　ていうか、魔王様もよく許したねぇ」

「姫が生まれたばかりですからね。友達か遊び相手にでもと思ったのではないでしょうか。……さてと。では私は、人間の育て方を調べてきます」

「あっ、この子の服はアタシに選ばせなさい！　絶対よ！」

「その前にこの子の名前どうする？　いつまでも『この子』のままじゃかわいそうだよねぇ」

「オレがつけよう」

「ずるいですよイストールさん。ここは皆で話し合って決めるべきです」

その後、魔王軍四天王が三日かけた話し合いで、最終的に赤子はリオンと名付けられ、以来、魔王城からは赤子の泣き声や子育てに奮闘する四天王の慌ただしい足音が響くようになった。

リオンと名付けられた人間の赤子は、親から愛を受けられず捨てられた代わりに、魔族最強クラスの四人からたっぷりと愛情を注がれて育ち――、

第一話　お姫様はワガママを言いたい

邪神との戦争があって以降、人間をはじめとする他の種族と和解してからは魔界も随分とイメージが変わったらしい。昔は魔界という場所を聞くと人々は皆裸足で逃げ出すほど恐れられていたらしいが、今や各地に観光スポットまで出来ているし、他種族の移住者も珍しくはない。

人間が住むに厳しい環境であることには違いないが、全ての場所がそうというわけでもない。中にはあえて険しい環境に身を置くことで修行するなんていう者もいる。

だからこそというべきか、様々なトラブルも増えてきたというのがここ最近の魔界の現状だ。

「――――見つけた」

俺の視線の先にいるのは蛇の胴体を持つ鶏の姿をした、コカトリスという名の魔物。

触れた生物を石化してしまうという能力を有した厄介な魔物であり、ここ最近なぜか魔界の街に現れたりしているので、駆除しに来たというわけである。

「リオンさん！」

「来てくださったのですか！」

現場に駆け付けると、既に対応にあたっていた魔王軍の兵士たちが安堵のような笑みを浮かべている。魔族である彼らは、外見は人間とはさほど違いがないが、魔力や身体能力は人間の基本スペックを上回る。そんな彼らでさえ、全身の鎧がボロボロになるぐらいコカトリスには手間取っている。それほどの相手ということだ。

「あとは俺がやります。皆さんは下がっていてください」

大地を蹴って跳躍し、暴れ狂うコカトリスのもとへと加速する。

「────ツッッッ！」

コカトリスの鋭い嘴《くちばし》が飛んでくる。空中で身を捻り方向転換。

真横に躱《かわ》して着地と同時に再度、跳躍。そのままコカトリスの頭上をとった。

「近所迷惑だ。大人しくしてろ」

腰から剣を抜き、そのまま脳天へと叩きつけると、コカトリスの意識を一瞬で刈り取ることに成功した。白目をむいた魔物は糸が切れた人形のように巨体の制御を失い、地面に倒れ込む。巨体が微かな地響きを起こした後、静寂が辺りを支配する。

「おお、さすがはリオン様ですね！」

「相変わらず手際が鮮やかだなぁ」

言いながら、魔王軍の兵士は深く頷いている。

「どうも。さて、任務完了っと。兄貴たちに報告だな」

沈黙したコカトリスを特殊な鋼糸で拘束。

現場の後処理を兵士たちに任せながら、魔王城に使い魔を飛ばす。

倒れ伏した魔物と、仲間である魔王軍の兵士たち。

目の前に広がるこの光景こそが、俺が魔界で織りなす日常だ。

☆

残りの処理を魔王軍の者たちに任せ、俺は魔王城へと戻った。魔界を護る魔王軍の本部とも呼べるここは、俺が生まれ育った家だ。

俺は赤子の頃に親に捨てられ、この魔界で魔王軍四天王に拾ってもらった。

人間である俺だが、あの四人には愛されて育ったと思う。

だから俺も恩返しがしたくて魔王軍に入り、魔界の平和に微力ながら貢献している。

「リオンです。魔物鎮圧任務よりただいま帰還いたしました」

四天王の皆さんがいる魔王城『四天の間』の扉を開くと、

「おかえりなさい、リオン～～～！」

豊かで柔らかい胸の感触が俺の顔を直撃した。

「転んでない？　ケガはない？　大丈夫だった？　お腹減ってない？　減ってたらいってね？　アタシ、すぐにごはん作るから！」

「姉貴、姉貴。レイラ姉貴。苦しいです」

窒息死しそうになったところで、レイラ姉貴は離してくれた。助かった。

魔族でありながら女神のような美貌を持つ彼女はレイラ姉貴だ。『水』のエレメントを司る魔王軍四天王の一人で、何かと俺のことを可愛がってくれる方だ。特に料理の腕なんかは、店を持てば魔界全土を食で支配できるのではと噂されるほどだ。俺がこうして魔界で健康的にすくすくと成長することができたのも、この方の愛のこもった手料理が為した業《わざ》だといえよう。

「おっかえりー、リオン！　ねぇねぇ、今日はもうお仕事ないんでしょ？　だったらボクと一緒に遊ぼうよ！」

「はい、喜んでお供させていただきます。ネモイ姉さん」

ニカッと笑う、俺とあまり歳の変わらない見た目の少女は『風』のエレメントを司るネモイ姉さんだ。いつもこうして俺を遊びに誘ってくれており、俺は幼少の頃から寂しい思いをすることなく過ごすことができた。

「待ちなさい、ネモイ。リオンは任務を終えて帰ってきたばかりなのですよ。少しは休息を取らせてあげようとは思わないのですか」

「大丈夫ですよアレド兄さん。大した敵じゃなかったんで、休息が必要なほど疲れちゃいません。あんな雑魚よりも、ネモイ姉さんとの遊びの約束の方が大事ですから」

任務を終えたばかりの俺を心配してくれているのは、『土』のエレメントを司るアレド兄さん。俺の勉強の面倒を見てくれた方で、様々な知識を授けてくれた。俺は生まれつき魔力が少ない為に色々と苦労してきたが、それをカバーするための術を授けてくれた方の一人が、このアレド兄さんだ。

「へっへー！　どうだアレド！」

「なに勝ち誇っているんですか。リオンの優しさに甘えるのもいい加減にしなさい」

「そうよネモイ。リオンはこれから、アタシの愛情がたっぷりとこもったごはんを食べさせてあげるんだから。邪魔しないでくれるかしら」

次第に三人が言い争いを始めたが、俺にとっては安心する光景だ。

ここにいない一人を含めた、四天王の方々の明るさと優しさが俺を育ててくれた。

生まれ持った魔力が少ないばかりに親から見捨てられてしまった、才能のない人間である俺をここまで育ててくれた。

「騒がしいな」

扉が開き、『四天の間』に赤いローブを身に着けた大柄な男が入ってきた。

燃えるような赤い髪に極限まで鍛え上げられた肉体。

俺に戦闘技術を叩き込んでくれた方。

魔王軍四天王において『火』のエレメントを司る――、

「イストール兄貴、戻られたんですね。お帰りなさい」

「うむ。お前も任務ご苦労だったな、リオン。報告は受けている。暴走したコカトリスを一撃で無力化するとは……成長したな」

「俺の力ではありません。大した魔力も持てず、役立たずだった俺に力を授けてくれた、兄貴をはじめとする四天王の方々や姫様のおかげです」

「謙遜は相変わらずだな。己の努力で摑んだ力だろうに」

「お言葉ですが、俺はやるべきことをやっているだけです」

本心を淡々と口にすると、イストール兄貴は苦笑する。

「フッ……まあ、いい。……リオンよ。帰還してきたところ悪いが、次の任務だ」

「はい。例の件ですよね？」

次の任務については、以前から話は聞いていた。

「ウム。大変かと思うが、お前が適任だからな」

「お任せください。このリオン、必ずや任務を果たしてみせます。魔王軍……ひいては、魔界の為にも！」

兄貴たちから重要な仕事を任せてもらえる。それだけで俺の心は歓喜に打ち震えていた。

だから次の任務もしっかりと果たしますという俺の決意を表してみたのだが、四天王の方々はため息をついている。

「……うーん。イストールが言った適任って言葉の意味、伝わってなさそうねぇ」

「だねぇ……リオンって鈍いから」

「鈍いに加えて疎いというのもありますね」

「姫様も苦労なされているようだ……」

イストール兄貴の言葉に、残りのお三方も深く頷いた。

やはり、俺ではこの任務を果たすのに実力不足なのだろうか。

俺は所詮、脆弱な人間だ。ましてや、俺は人間の中でも生まれつき身体に宿る魔力が少ない。

これは魔王軍の兵としては致命的だ。それをカバーするための術を姫様が作ってくれたおかげで、俺はこうして魔王軍の一員としてなんとかやっていけている状況だ。

……兄貴たちが不安がるのも無理はない。

くそっ。俺にもっと力があれば、恩人である四天王の方々に不安な気持ちを抱かせずに済んだのに。せめて魔族として生まれていれば……。

「かわいいリオン。貴方、多分またヘンな勘違いしてるわよ」

「勘違い？　ですがレイラ姉貴、俺が生まれつき魔力が少ないこと、人間という脆弱な種族であることは勘違いのしようもない事実で……」

「だーかーらー、そーいうことじゃないのよー。はぁ……姫様も先が長そうね……」

「リオン。私たちは、貴方のことはとても信頼しています。今回の任務とて、立派に果たしてくれると思っていますよ」

たとえお世辞とはいえ、アレド兄さんからそう言ってもらえるのは嬉しい。

「私たちが同情しているのは姫様のことで……こほん。それは置いておくとして、そろそろ定例会議の時間です。姫様は？」

「そーいえば姫様……さっきまでここにいたけど、いつの間にかいなくなっちゃったよね」

「リオンがいないと分かるとどっかに行っちゃったわよ」

「ならばリオンよ。お前に姫様捜索の任務を言い渡す。頼んだぞ。あの方を見つけるのは、お前が一番上手いからな」

「了解です！　兄貴直々の任務、必ずや果たしてみせます！」

☆

「姫様ぁ、どこですかぁ〜」

魔王城の中を歩き回り、声をかけ続ける。もう定例会議の時間まであまりない。

彼女の傍に居続けてわかったことなのだが、あの人はなんというか、マイペースなお方だ。だからこうしてすぐに思いつきでふらふらとどこかに行ってしまう。

だからこうして今日も今日とて俺が足で探し回っているというわけだ。

この前なんか庭園にある木の上で子猫と一緒にお昼寝していたこともあり、驚かされたと同時にあきれ果てたものだ。

「……………もしかして」

ふと、思いついて庭園の方へと向かう。色鮮やかな花々が植えられた美しい光景。

その中に植えられた大きな木に近寄ってみる。すると、目的の人を見つけることができた。

長い金色の髪。太陽の光を受けてキラキラと輝いている、血を彷彿《ほうふつ》とさせる赤い瞳。漆黒のドレスの下から主張する豊かな胸は、いつも魔族以外の種族を交えたパーティーの場において種族を問わない男たちの視線を釘付けにしていることを俺は知っている。


――――アリシア・アークライト。


魔王様の一人娘であり、俺や魔王軍四天王の方々が仕えているお方だ。

俺とは同い年……というか、彼女が生まれた日に俺が拾われた。

つまるところ俺は、彼女と共にこの魔界での生活を歩んできたと言っても過言ではない。幼少の頃から遊び相手にもなっていたおかげか、彼女とは仲良くできている……と思う。

何しろ、俺のような下っ端からすれば姫様は雲の上のようなお方だ。勝手な思い込みをしてしまうのはよくないだろう。

「姫様」

俺が声をかけると、姫様は顔を向けてきて、

「あら、リオンじゃない。そんなに慌ててどうしたの？」

「どうしたもなにも、もうすぐ定例会議の時間なのに消えたから、探しに来たんです」

「また『任務』かしら？」

「はいっ！　イストール兄貴直々の任務ですっ！」

胸を張り、喜び混じりの声で言うと姫様は「ふーん。任務で……そう」と言いながら……やや不機嫌そうに頬を膨らませた。

「心配はしてくれなかったの？」

「しましたよ。するにきまってるじゃないですか」

素直な気持ちを零すと、姫様は機嫌を取り戻してくれたのか「そう」と言いながら嬉しそうに笑みを浮かべた。

「色々と言いたいことはあるけれど、あなたのそういうところ……わたしは好きよ」

「光栄です」

よく分からないがとにかく褒められたのでよし。

うん……俺、とりあえず姫様に嫌われてはないよな？

一緒に育った幼馴染みたいなものだし、嫌われていたらショックだ。

「ん」

両手を差し出してくるこの仕草は、姫様が出す『ワガママ』の合図だ。

「だっこ」

「はいはい」

姫様を両手で抱きかかえると、姫様は満足げに頷いた。

「割と満足したわ」

割とですか。そうですか。

「これぐらいで満足できるのなら、できる時にやってあげるんで勝手にフラフラいなくなるのはやめてください」

「それはとても魅力的な提案ね。考えておくわ」

できれば控えていただけるとありがたい、とは言えない雰囲気だ。

「ってこんなことしてる場合じゃないですよ姫様。早く会議に行かないと」

「それもそうね。リオン、このまま運んでくれる?」

「自分で歩いてください」

「けち」

「けちじゃないです」

これが俺と姫様とのいつものやり取り。いつだって彼女はワガママで気ままだけど……俺の目にはそんな彼女がとても魅力的に映っている。

「んー。じゃあ、エスコートをお願いできるかしら」

断る理由なんてどこにもない。

彼女は俺の護衛対象であり、仕えている人なのだから。

「俺でいいなら、喜んで」

彼女の柔らかくて温かい手をとり、俺たちは共に歩き出した。

☆

姫様を『四天の間』に連れ戻したあと、定例会議がはじまった。

普段は魔界の現状や任務についての会議が行われるが、今回の議題は最重要案件としてここ数回にわたって話し合われている。

「リオンよ、『楽園島』のことは知っているな?」

「魔界、人間界、獣人界、妖精界の狭間の海域に浮かぶ島のことですよね。創立には四天王の皆さんも関わっていると聞いています」

楽園島はあらゆる種族が分け隔てなく暮らすことのできる楽園を生み出す目的で、世界中で生きる種族が協力して創られた島だ。中では様々な種族の者たちが集まって共に暮らしているという。

「もうじき姫様は『楽園島』にある魔法学院に入学される。そこで、お前も姫様の護衛として入学してもらうことになっているが……ここに、新たな任務を追加したい」

「兄貴からの追加任務ですか!?　光栄です!　是非!　なんなりと!」

「…………非常に助かっているが、お前は本当に働き者だな」

苦笑する兄貴。見てみれば、他の四天王の方々も同じような表情を浮かべている。

「『楽園島』には魔界、人間界、獣人界、妖精界。各界を代表する王族がそれぞれ一人ずつ派遣され、島の『島主』となる。姫様はこれから学院に入学されると同時に魔界代表の『島主』となるわけだが……」

言葉を切り、険しい顔をするイストール兄貴。

「現在、獣人界と妖精界。この二人の『島主』との間で問題が生じていてな。人間界側の『島主』から相談を持ち掛けられている」

「相談？　それに、獣人と妖精の間で問題ですか」

「簡単に言えば、獣人族と妖精族の『島主』間による対立だ。二人は魔法学院の生徒ということもあり、学院内の獣人族と妖精族の生徒たちの間で小競り合いが発生してしまっている」

「………それは、かなりまずいですね」

思っていたよりも深刻な問題だ。『楽園島』は他種族が手を取り合い生きていくという目的をもって創られた島。そこの『島主』同士の対立というのは、島の存在そのものを脅《おびや》かすものである。

「お前に頼みたいのは獣人族と妖精族の『島主』同士の和解。この状況の解決だ。難しい任務になると思うが……頼めるか？」

「勿論です。このリオン、魔王軍の一員として必ずや任務を果たしてみせます！」

「フッ……頼もしいな。さすがはオレの弟子だ」

「ちょっとちょっと！　アンタだけの弟子じゃないでしょーが！」

「そうだよそうだよ！　ずるいよ、イストールだけリオンを独り占めしてさ！」

「こらこら。二人とも、これじゃ話が先に進まないでしょう。ところでリオンは私の弟子でもありますよね？」

「あのねぇ、アナタたち。そろそろいい加減にしなさい？」

おお、これは珍しく姫様が四天王の方々を注意しようとしているのか？　普段は注意される側なのに。ようやく姫様も次期魔王として自覚ある行動をされるようになったということか。魔王様もきっとお喜びになられていることだろう。

「リオンはわたしのものよ」

ごめんなさい魔王様。俺の勘違いでした。

☆

会議を終え、リオンとアリシアが『四天の間』を出た後――四天王の面々は雑談をする流れになった。会議後に四天王だけで行うこの雑談を彼らは『裏会議』と呼んでいる。内容自体は主にリオンのことなのだが。

「……そーいえば。例の件、リオンにはまだ伝えてないのよね？」

レイラの言葉に、イストールを含む四天王の面々は深いため息を漏らす。

「ああ。姫様から口止めされているからな……」

イストールがリオンに言い渡した、『獣人族と妖精族の島主同士の和解』という任務の裏には、魔王とその娘であるアリシアの間で交わされたある取り引きがあった。

「まさか『この任務が成功すれば、リオンと姫様の婚姻を認める』という条件をお出しになるとは」

ちなみにだが、二人は現時点で付き合っているわけではない。それどころかリオンは、アリシアからの好意に気づいていないという始末だ。

つまるところアリシアの片思いというわけだが、四天王からすれば「あれで付き合っていないのはおかしい」というレベルで、リオンもアリシアに対しては無自覚の好意を見せている。

それはさておき、なぜリオンの知らぬところで婚姻がどうのという話が出ているのかと言うと、

「アリシア。お前に見合いの話が幾つも届いているが……」

「わたし、お見合いなんてしないわよ」

「そうだな。お前が嫁に行くにはまだ早い！　断っておこう！　フッ……大事な大事なアリシアを、そう簡単には嫁には出さな――」

「だってわたし、結婚するならリオンとしたいもの」

「…………ちょっとその話、パパに詳しく聞かせてくれない？」


という流れがあり、三日間にも及ぶ議論と親子喧嘩によって『楽園島での任務を無事に終えられたのなら認める』という形に落ち着いたのだ。最終的には、アリシアに嫌われたくない魔王が渋々折れたというところだが。

「魔王様、姫様のことを溺愛してるもんね～。それにリオンは人間だから、色々と難しい問題があるのは分かんだけどさー」

「…………問題は、あの姫様のダダ洩れの好意にリオンが気づくのかどうかという点ですが」

「…………というか姫様も、その辺りを思い知っているからこそ外堀から埋めてんでしょうね」

アレドとレイラの言葉に、『四天の間』に沈黙が満ちた。

四天王の面々は、アリシアに心の中でエールを送った。

第二話　お姫様は手繋ぎデートがしたい

物心ついた時から、リオンはわたしの……アリシア・アークライトの隣にいた。

わたしの生まれた日に魔界で拾われた、人間の男の子。

彼と一緒にいることが当たり前になっていたし、それが普通だった。

わたしの隣には常にリオンがいたし、リオンの隣には常にわたしがいた。

魔王であるお父様がもっとも信頼する部下たち、魔王軍四天王の役に立つために、リオンは努力していた。残念ながら彼の生まれつき身体に宿る魔力の量は、人間基準でも多いとは言えない。まして や魔王軍の一員として所属するには絶望的だ。

だからなのかは分からないけど、彼はひたすらに努力していた。

必死になってがんばって、四天王のみんなの役に立つんだと息巻いて、努力していた。

毎日ボロボロになるまで鍛錬や勉学に勤しんでいて。

魔族という、生まれながらにして人間とは能力差のある者たちに追いつきたくて、必死になっていた。わたしの目にはいつも必死にがんばるリオンの姿が映っていた。そのせいかもしれないけれど、種族を問わずわたしに言い寄ってくる男の子たちには見向きもしなかった。

だって、すぐ傍に誰よりもかっこいい男の子がいたんだから仕方がない。

自然とリオンのことを目で追うようになったし、気がつけばわたしの心の中には彼がいた。

だけど思いかえせば、一番決定的だったのは、五歳の時に起きた事件だ。

たまたま旅行で訪れていた人間界で、わたしは迷子になってしまった。

わたしは空間を操る魔法に長けた才能を持っていて、今でこそ転移魔法を得意としているけれど、幼少の頃はその力をうまく扱うことができなかった。無意識のうちに短距離転移魔法が発動してしまい、よく迷子になっていた。人間界で迷子になったのは、そのせいだ。

暗い森で一人、怖い思いをしていたのを今でもよく覚えているし、リオンが捜し出してくれたこともよく覚えている。

あの時、お姫様抱っこをしてもらったわたしは彼に聞いた。

「どうして……わたしがここにいるってわかったの？」

「ふだんからひめさまにふりまわされていますからね。なんとなく、わかるんです」

そう言って、リオンは笑った。

「ひめさまがどこにいたって、ぜったいに見つけだしてみせますよ」

それはリオンにとって何でもない言葉だったんだと思う。

でもわたしにとっては忘れられない言葉で……だから、あの時だったんだと思う。

彼への気持ちを自覚したのは。

「………そう、なのね」

とくん、とくんという心地良い胸の鼓動を感じながら、当時のわたしはこう言った。

「なら……ぜったいに、なにがあっても――――リオンが、わたしのことを見つけてね」

「はい。どこにいようと、かならず見つけてみせます」

それがわたしの、大切な思い出。

☆

俺の任務は、『楽園島』の『島主』の一人となる姫様を護衛すること。

魔界にいた頃も、姫様の護衛は俺の任務の一つだった。いつもと変わらないといえば変わらない。

姫様がこれから新しく住むのは、代々魔界側の『島主』が利用してきたお屋敷だ。

荷物も運びこみ、島主として関わっていく者たちにもあらかた挨拶を済ませたその翌日。真新しいベッドの上で、俺は気配を感じて目が覚めた。

窓の傍で椅子に座りながら優雅に読書をしている少女がいる。

穏やかな表情をしていて、窓の隙間から入ってくる風に金色の美しい髪が揺れていた。

「…………姫様?」

「あら、おはよう。目が覚めたのね」

「…………なんで俺の部屋にいるんです?」

「目が覚めたんだけど、暇だったから本を読むことにしたの」

「それはいいんですけど、だからなぜ俺の部屋に？」

「あと、あなたの寝顔を眺めているのも楽しいかなーって思ったの」

「そっちが本音じゃないですよね？」

俺がため息をつくと、姫様は嬉しそうに微笑んだ。

この人の気まぐれは今に始まったことじゃないし、それに振り回されるのも今更だ。……まあ、姫様の気まぐれは嫌じゃないし、むしろどこか嬉しいと思っている俺がいる。

「俺、一応あなたの護衛として来ているからあんまり好き勝手にフラフラされると困るんですよ」

「大丈夫よ。この部屋には転移魔法で移動してきたから。わたしは一歩たりとも外に出ていないわ」

「またホイホイとそんな超高等魔法を使って」

ちなみにだが、転移魔法というものは誰でも簡単に使えるものではない。

世界トップクラスの実力者である四天王の方々でようやく使えるレベルだ。

しかし、姫様だけは特別だ。彼女は空間を操る魔法を得意としている。今みたいな転移魔法なんて彼女の得意技だ。これは姫様の持つ特別な才能の一つと言っていいだろう。

幼少の頃はこの力をまだイマイチ制御できなくて迷子になったこともあり、色んな所に無意識のうちに短距離転移していた（そのたびに俺が捜しに行ったわけだが）。今はもうそんなことは起こらないが、懐かしいな。

「島に来ても姫様は姫様ですねぇ」

親元から離れた場所で新しい生活を始めるとなれば、彼女も多少は寂しがったり落ち着くかと思ったが、そんなことはなかったようだ。俺がこうして姫様の気まぐれに振り回される日々も、まだまだ続きそうだ。

「不安とかないんですか。魔王城と違って、ここには四天王の方々もおりませんし」

「一人だったら不安だったかもしれないけれど、リオンがいるじゃない」

「そりゃそうですけど……まあ、こう言っちゃなんですが、魔王軍四天王の方々のほうがよっぽど頼りになるでしょう?」

「力がどうとかじゃないの。わたしはあなたが傍に居てくれるだけで嬉しいの」

くすっと優しい笑みを漏らす姫様。時たま、彼女は俺にはよく分からないことを言う。だけどそこを深く突っ込むつもりはない。どうせはぐらかされるに決まっているのだから。

「せっかくだし、お散歩に行きましょう」

「……今日は朝から来客が一件あったはずですが」

「約束の時間までまだ全然余裕があるじゃない。朝の空気も素敵だし、楽しまないのは勿体ないわ」

姫様の言う通り、時間帯的にはまだ早朝だ。ゆっくりと散歩をする余裕があるにはある。

「分かりました。俺としても、周辺の地形や構造も再確認できてありがたいですしね」

頷くと、姫様はやや残念そうにため息をついた。

「………そういうことじゃないのだけれど……まあ、今はそれで構わないわ」

姫様に促され、屋敷を出ると、眼前に飛び込んでくるのは街を一望できる景色と外に広がる海の青。屋敷そのものは高い場所にあるため、こうして綺麗な景色をいつでも眺めることができるのは役得というものだろう。

「んー。気持ちいいわ。たまには早起きも良いものね」

「毎日これぐらいの時間に起きてくださると、俺としても助かるんですけどね。いつも研究ばかりで夜更かしされていると、身体に毒ですよ」

「だって、夢中になってしまうものは仕方がないじゃない。好奇心を抑えておけるほど、わたしは理知的でもなければ大人でもないわ」

ああ言えばこう言うとはまさにこのことだ。あまり小うるさくなると拗ねてしまうので、この辺りで止めておくとしよう。

俺が小言を止めると、姫様は機嫌よく前に踏み出した。そんな彼女の背中を追いかけるようにして、俺たちは街へと降りる。石畳の上をステップを踏むかのように優雅な足取りをみせる姫様は、周囲をゆったりと眺めている。

「ふふっ。こうして二人きりで歩いていると、デートみたいね。リオンもそう思わない？」

「恐れ多いですよ。俺のような矮小な存在が、姫様のような高貴かつ壮大なお方とデートなど」

「むー。リオン、あなたのそーいうところが、わたしは嫌いよ」

「き、きらっ……!?」

いきなり頭をぶん殴られた気分だ。事実ちょっとだけ頭がクラクラする。

姫様に『嫌い』と言われるのは、どんな魔法よりも強力な一撃だ。

「………嫌いっていうのは、嘘だけど……」

「そ、そうですか」

ぷくっと頬を膨らませながら訂正した姫様。俺はひそかにホッとする。よ、よかった……嫌われていなくて。……ここは話題を変えるとしよう。

「と、ところで姫様。この街のご感想はいかがですか」

「ん。いい街ね、ここ」

「どうしてそう思われたのですか？」

「生命《いのち》が住んでるって感じがするわ。空気も魔力も澄んでいて綺麗……住んでいる人たちの思いが籠ってる。きっと、この街はとても大切にされているのね」

俺にはよく分からない感覚だが、それはきっと、とても素敵なコトなのだろう。

きっと……姫様の眼には、この街が、この世界が輝いて見えているのだ。

それは魔王様譲りの感覚の鋭さが為せるものでもある。

「それより……。ねぇ、リオン」

「はい。なんでしょう？」

「あの、ね……？　あなたがよければ、なんだけど」

珍しく姫様にしては歯切れが悪い。たいてい、何かを切り出そうとしている時に姫様はこうなるのだが……。

「わたしと………手を、繋いでくれる？」

「手を？　別に構いませんが……」

「ほ、ホント？」

頷くと、姫様がぱっと嬉しそうな表情を浮かべている。

「え、ええ。というか姫様、やけに嬉しそうにしてますが……どうしました？」

「ちょっと、この島について調べた時に知ったんだけど――」

（……………ん？）

ほんの微かだが、魔力の乱れを感じる……いや、魔力だけじゃない。周辺の空気も震えているのか？　何かが起ころうとしている。ネモイ姉さんからよく風や空気の流れを察知する感覚は仕込まれたからな。この感覚は信じていい。いつ、何が起きてもいいように感覚を研ぎ澄ませ。

「この先の、噴水のある広場って、よく……恋人たちが手を繫いで過ごす場所らしくて――」

…………来る！

「ッ！　姫様！」

反射的に姫様の前に出る。次の瞬間、魔力で構成された風の塊が飛び出してきた。その軌道は姫様への直撃コース。それを黙って見ていることなど当然せず、俺は咄嗟《とっさ》に風の魔法を素手で殴り飛ばし、風は儚《はかな》い魔力の欠片《かけら》となって霧散した。

「ご無事ですか？」

「……助かったわ。ありがと、リオン。それにしても、今のは風の魔法かしら？　でもなんでこんなところで……というか、どうして今のタイミングで…………もうちょっとだったのに………」

無事を確認してホッとしていると、姫様は一人悔し気にブツブツと何かを呟いている。

俺はその間に軌道を辿って、魔法が飛び出してきた方向に視線を向ける。

そこにあったのは、中央に清純な彫刻が施された噴水のある広場だ。

透き通った水を流している噴水の目の前で、俺たちと同じぐらいの年頃の少年少女の小さな集団が二つ。互いに睨みあっている。

各集団にはそれぞれ一人ずつ、中心的な人物であろう者がいる。

片方は獣人族の男性だ。武骨ながらも野性的な相貌。ライオンの獣耳と尻尾が生えている。身長は百八十センチ程だろうか。筋肉のついた、ガッシリとした体格。身に着けている魔法学院の制服の上からでも、相当な鍛錬を積んでいることが分かる。

彼は集団よりも数歩前に立っており、背後でしりもちをついている獣人の男子学生を庇うかのように佇んでいる。腕に、魔力を強引に叩きつけたかのような痕跡が残っているのを見るに、風の魔法を肉体で弾き飛ばしたのだろうか。

もう片方は、エルフ族の女性だ。白い肌と、姫様とは対照的な長い銀色の髪。どことなく気品のある雰囲気を纏っており、整った顔立ちをしている。まさに美女といったところだろうか。身体には獣人の男子学生と同じく魔法学院の制服を身に着けている。

彼女もまた集団よりも数歩前に立っており、地面にしりもちをついたかのように倒れている女子生徒を庇うように佇んでいる。手からは魔力の残り香を感じる。さっきの風の魔法は、彼女が飛ばしたものだろう。

両方とも、資料で目にしたことがある。

獣人側の『島主』、デレク・ギャロウェイ。

妖精側の『島主』、ローラ・スウィフト。

「状況を推測すると………ローラ様が放った風の魔法を、デレク様が弾き飛ばして、こっちに飛んできたって感じですかね」

とりあえず敵意はない。が、危ないにもほどがある。というかもうちょっとで姫様に当たるところだった。いくら『島主』とはいえ、とうてい看過出来ることではない。抗議の一つぐらいは入れておかないと。

「姫様。俺、ちょっとあの方たちに一言あるんで…………」

と、姫様の方を向いたところで、肝心の本人がいないことに気づく。

「ねぇ、ちょっと」

かと思えば、あの二つの集団の前に堂々と佇んでいる。どうやら短距離転移を使ったらしい。問題は、姫様が明らかにご立腹な様子であるということ。あれは文句の一つや二つを言うつもりだ。

「あー、もうっ！　またあの人は……！」

俺はガシガシと頭を掻きながら、急いで護衛対象の下へと駆け出した。

☆

ピリピリとした緊張感がこっちにまで伝わってくるような、一触即発の雰囲気。

だというのに姫様は、そんなことはお構いなしとばかりにいつもながらの堂々とした佇まいだ。

特にご立腹であるらしく、ぷんすかという擬音が今にも聞こえてきそうだ。

……そうか、流石は姫様！　『島主』としてこの状況に対して抗議しようというのだろう。どうやら姫様もこの島に来て早々に、『島主』としての自覚を持ったということだ。

「さっきの魔法。もしかして、アナタたちの騒ぎが原因？」

「…………だとしたら、なんですの？」

妖精側の『島主』、ローラ様（姫様に魔法を飛ばした相手だが、島主なので仕方がなく様付で呼ぶとしよう）がじろりと睨む。

対して姫様は、負けじと相手を睨み返す。がんばれ姫様！

「あと少し……あと少しで、手繋ぎデートが実現するところだったのよ？　それなのにイイところで魔法が飛んできて、わたしが今どれだけ悔しい思いをしているのか分かってるのかしら？」

…………姫様は一体、何に対して抗議しているのだろうか。

俺はもうちょっと「島主としてその振る舞いはいかがなものか」的な抗議をするものだと思っていたが。

「あの、えっと……？」

ほらー、向こうも何のことだか分からなくて首を傾げているじゃないですかー。

「あの、姫様」

「なにかしら」

「念のためにお聞きしますが、街中で魔法をぶっ放すなんていう王族にあるまじき行為に対して怒っていらっしゃるんですよね？」

「え、いや別に？　街中で魔法は確かにダメだし、そのことについても多少は怒っているけれど……わたしが一番怒っているのは、そこじゃないわ」

そこじゃないんかい。

「えー、こほん。姫様は、貴方たちの王族にあるまじき行いに対して抗議しております。幸いにも先ほどの魔法は誰にも当たりませんでしたが、もし誰かに当たっていたら、その人は間違いなく大怪我を負っていましたよ」

どうだ俺のナイスフォロー。姫様に仕えていると、こういうことはたまに起きるので慣れている。

「……………すまない。君の言う通りだな」

先に反応したのは、獣人側の『島主』、デレク様だ。大柄な体格のこともあり、見た目は威圧感に満ちて恐ろしいが、意外と話が分かるな。……まあ、『島主』をしているということは獣人界では王族の地位にいる者なので、当然といえば当然か。

「………魔法の件に関しましては、ワタクシも謝罪いたしますわ」

ローラ様もきちんと謝罪をしてくれた。これでひとまずこの場は収まるか？　と思ったのもつかの間。彼女はじろっとした視線をデレク様に向ける。

「ですが、先に仕掛けてきたのはあちら。ワタクシは大切な友人を護るべく魔法を放った。つまり正当防衛をしたつもりですわ」

「………オレは、君たちの方から先に仕掛けてきたと聞いているが？」

「その頭の耳は飾りですか？　それとも、都合の良いことしか聞こえない耳ですか？」

ピリッとした空気が流れる。比喩でもなんでもなく、実際に空間に圧がかかるほどの魔力が満ちている。というか姫様も対抗して魔力を滾《たぎ》らせないでくださいよ。いや、「ほら、わたしだって負けてないでしょ？」とでも言いたげな、どや顔をしないでください。かわいいですけどね。

「――――まったく。できれば、今日はそこまでにしていただきたいですね」

冷静な……どこか達観した雰囲気を持つ声が辺りに響き渡る。

眼鏡の奥に理知的な光を宿す眼を持った一人の少年が、広場に現れた。

魔法学院の制服の上から特別なコートに身を包んだ彼の姿を、俺は資料で目にしたことがある。

人間族側の『島主』、ノア・ハイランド様。

剣士としても高い実力を持った、人間界最大規模を誇る王国の王族だ。

――――奇しくも、この場に『楽園島』の『島主』たちが勢ぞろいしたことになる。

「我々は各界を代表する王族です。未熟であることに胡坐《あぐら》をかいて諍《いさか》いを起こすのはやめていただきたいものですね。『島主』の立場は、我々が王位を継いだ後のことを想定した予行演習でもあるのですから。それとも……貴方がたは、王位を継いだ後で、種族間戦争でも起こす気ですか？」

戦争を起こす気かとまで言われて争うほど愚かではなかったらしい。ローラ様とデレク様の二人は互いの魔力を収め、姫様も空気を読んで魔力を抑えてくれた。いやホント、なんであなたまで参加してたんですかね。

「よろしい」

場の様子を見て、ノア様は満足げに頷いた。

「明日は入学式です。皆で仲良くしようじゃありませんか」

ノア様の言葉に、双方はぐっと言葉を詰まらせる。妙な空気が流れた後、

「…………それができれば、ですが」

「…………そうだな」

また一瞬だけ互いを睨むと、二人は同胞たちを連れてそれぞれ背を向けて下がっていく。

広場はあっという間に俺と姫様……そして、ノア様の三人だけになった。

「やれやれ。まさか朝、それも学外でこんなことが起こるとは……たまには散歩をしてみるものですね。危ない所で止めることができてよかった」

「白々しいわね。貴方、少し前から様子を窺ってたでしょう。具体的には、わたしとリオンがこの場に来る少し前から。大方、わたし達の行動を窺ってたんでしょうけど……趣味悪いわね」

「これは手厳しい」

言いながら、ノア様は笑う。セリフと表情がまったくといっていいほど合っていない。

「流石《さすが》はかの有名な『魔王軍四天王』を有する魔界の姫君ですね。護衛のレベルも相当高い。ローラの放つ風魔法をあれほど簡単に両断するとは。風の流れを読む技術の精度も相当なものです。正直、舌を巻きましたよ」

「お褒めに与《あずか》り光栄です」

姫様の護衛として褒められることは素直に嬉しい。

相手も王族であることだし、礼儀正しく頭を下げる。

「ええ。率直に言わせていただくと、私の護衛に欲しいぐらいだ」

「リオンはわたしのものよ。絶対にあげないわ」

俺が断るよりも早く、姫様が口を挟んだ。そのままぎゅうっと俺の腕を抱きしめる姫様を見て、ノア様は笑みを零す。

「フフッ。なるほど、私の入り込む余地はなさそうですね。君は人間のようですから、ちょっと本気だったのですが」

「確かにリオンは人間だけれど、そんなこと関係ないわ。だって、わたしのリオンだもの。絶対にあげない」

　意味不明な理屈を並べ立てて、抱きしめる力を強くする姫様。……ここまで言ってくれるのは、ちょっと嬉しいな。魔王軍の一員である俺からすれば、姫様からのお褒めの言葉は何よりの勲章だ。

「このまま立ち話というのもなんですので、そろそろ移動しませんか。本来、ノア様はウチに来客される予定だったことですし」

　今日入っていた来客というのはノア様のことである。

　ましてや相手は『島主』。人間界側を代表する王族だ。そのような方と姫様を延々と立ち話させるわけにもいくまい。

「そうですね。では、予定より少し早いですがお邪魔させていただきましょう」

☆

　越してきたばかりとはいえ、元々この屋敷は『島主』用に使用されていたものだ。

　客人をもてなせる程度のものは揃っている。ティーセットを用意し、すぐにお茶を淹れ、姫様とノア様にお出しする。

「おや……これは美味しい。君が淹れたのですか？」

「ええ。レイラ姉……レイラ様に色々と仕込まれましたので」

「なるほど、『水』のレイラ様に。人間界でも多くのファンを持つ魔界のアイドル直々にお茶の淹れ方を教わったとは驚きですね。この味も納得というもの。フフッ……毎日でも飲んでみたいものです。ますます君が欲しくなりましたよ」

「あのね、わたしの前でリオンを口説《くど》かないでくれる？　魔界の果てまでぶっ飛ばすわよ」

「それは恐ろしい。いえ、魔界の果てというのも興味はありますがね？」

姫様と互角……いや、翻弄するとはさすがは『島主』といったところだろうか。ノア様も伊達に人間界で王族をやっていないということだろうか。

「えーっと……ひとまず、ノア様。本題に入りませんか？」

「そうですね。君のスカウトはひとまず置いておくとして、そろそろ本題に入りましょう。とはいっても、君たちは既に巻き込まれていましたが」

「……さっきのアレね。妖精界のお姫様と、獣人界の王子様。随分と仲が悪かったけれど、何があったの？」

「ちょうど二年ほど前ですかね。最初は小さな、妖精族の生徒と獣人族の生徒の諍いがきっかけでした。喧嘩ぐらいなら学び舎という場ではよくあることです。しかし、どういうわけか小競り合いは数と規模が増加し、しだいに二つの種族の生徒たちは互いを敵視するようになりました。集団的な敵対。その『頭』として祀り上げられたのが……」

「あの二人ってワケね」

「ええ。二年生時点で、既にあの二人を中心とした集団が形成されていました。更に一年経ち、三年生となる今になっても事態は収拾されるどころか悪化の一途をたどっています。手が足りないと感じた私は、魔界側に助けを求めたのです。ちょうど魔界の姫君が『島主』となる時期と重なっていましたしね」

ここまではだいたい俺たちが事前に資料で確認していたことだ。

ただ、問題は。

「わたし達も一応、妖精族と獣人族の学生を和解させるのが任務よ。協力はするわ。でも、正直なんにも策はないのよ。実際に巻き込まれてみて分かったけど、思ってたよりも深刻だったしね。まずは具体的な方針を立ててみるのが先決だと思うわ。たとえば、そう……和解するためのきっかけのようなものを探すとか――」

「ご安心を。方針ならば既に立ててあります」

ニコリとした笑みを浮かべるノア様。姫様は胡散臭いとでも言わんばかりの表情だ。

「この『楽園島』の魔法学院には、『四葉の塔』というものがあるのはご存じですか？」

「ああ、それなら既に資料で拝見しています。四大種族の和平の象徴として建てられたものですよね。レイラ様がデザインして、建設にはアレド様が中心となっていたと聞いています」

「博識ですね。その『四葉の塔』ですが、実は一年ほど前から閉鎖状態にあるのです。本来ならば長期休暇の時期のみ閉鎖しているものなのですが、今では普段から閉じたきり。理由は明白で、全部で四つある鍵が揃っていないからです。人間界側の鍵は私が。魔界側の鍵は貴方が。そして、ローラとデレク。二人が残りの鍵を持っています」

「ようはあの二人から鍵をもらって、『四葉の塔』を開けろってことね？」

「そういうことになります。ちょうど一ヶ月後には島をあげての和平記念のお祭りが行われます。

そのタイミングに合わせて塔を解放することが出来ればベストですね。和解のきっかけとしてはピッタリでしょう」

やけに具体的な方針と策が飛び出してきて正直、俺と姫様も驚いている。

この島に来るまでは、手探りで進めていかなければならないと考えていたからなぁ。

「ですので、貴方たちにお願いしたいのはローラとデレクに認められ、鍵を譲渡してもらうことです。私は祭りの準備があるので、そっちの方で忙しくなりますから。それに、新入生という新しい風が何かを起こしてくれるのではないかと、期待もしているのですよ」

ニコニコとした笑顔でプレッシャーをかけてくるなぁ、この人。

姫様を乗せるにはとても良い手だと言わざるを得ないが。

「いいでしょう。そこまで具体的な方針を立ててくれているのだから、文句ないわ。あとはこっちで動くし。……望むところよ」

「頼もしいですね。ああ、手段に関してはそちらにお任せしますよ。どうぞ、やりたいようにやってください」

「あら。それじゃあ、遠慮なくさせてもらうわ」

互いに笑いあう『島主』二人。俺としては、明日からの学院生活に不安を募らせずにはいられなかった。

第三話　お姫様は手っ取り早くいきたい

真新しい制服に身を包む、様々な種族の少年少女たち。この光景はまさに他種族が共に暮らす、この『楽園島』の魔法学院ならではだろう。そんな異色の魔法学院の入学式で、姫様は新入生代表として挨拶をされることになっている。

「リオン。わたしのリオン」

えらくご機嫌な姫様は、スカートの裾を上品につまむ。

「どうかしら？」

「姫様は今日も、大変麗しいと思いますよ」

「それって要するに、いつも通りってことじゃない」

「ええ。姫様はいつも麗しいですから」

「とても嬉しいのだけれど、今日はいつもと違うところがあるでしょう？」

言いながら姫様はその場で軽やかにくるっと回る。

それはまるで、制服を見せつけているかのようだった。

「制服がどうかしましたか？」

「だから……あの、ね？　制服姿……似合ってるかしら？」

「それは勿論」

一切の迷いなく答えることができた。

むしろそれが当然だと思っている。制服姿の姫様も麗しく愛らしく美しい。

「……ありがと。嬉しいわ。制服姿って、リオンとお揃いみたいなものだし。魔界だと、お揃いの服を着る機会なんてなかったし。だから……あなたにそう言ってもらえて、嬉しい。とっても」

照れくさそうにはにかむ姫様はとても可愛らしい。思わずこっちまで照れてしまいそうになる。

「こほん……それはそうと姫様」

「なにかしら、リオン」

「くれぐれも…………くれぐれも、大人しくしていてくださいね？」

「挨拶に大人しくもなにもないでしょう？」

「いや、そうなんですけど。でもなんか企んでそうな顔をしてたんで」

「………………別に？　なにも企んでいないけど？」

「あ、絶対何か企んでる。そういう顔してますよ!?」

「わたしのこと、ちゃーんと見てくれてるのね？」

「当たり前じゃないですか。俺、一応あなたの護衛なんですから」

むしろ見るのが仕事なところもある。ましてや姫様とは、生まれた時からの付き合いである。何かやらかす時は勘で分かるようになってきた。

「じゃあそのまま、わたしのことをちゃんと見てなさい」

「……あの、魔界の姫であることを自覚した挨拶をお願いしますよ？」

結局、そんなことぐらいしか言えずに入学式が始まった。

☆

この学院には他種族の少年少女たちが集まっているという性質上、様々なトラブルが発生する。そのため『治安部』と呼ばれる学生組織が、トラブルの解決をはじめとする学院の治安維持に努めているらしい。入学式における在校生の代表は治安部の長が行うのが伝統だそうで、ノア様が壇上に立っていた。

「――――新入生の皆さんを、心から歓迎いたします。在校生代表、ノア・ハイランド」

見事な挨拶に在校生や新入生たちは自然と拍手を行っていた。彼の挨拶には、不思議と人を惹きつける魅力がある。彼が人間界に帰った後も、王族として立派に国を治めるであろうことは容易に想像がついた。

「いやー、素晴らしい挨拶でしたね姫様」

「そうね。なかなかのものだったわ」

「あれが立派な島主……いえ、王族の姿なんですねぇ」

「そうね。そこそこのものだったわ」

「…………姫様、やらかさないでくださいね？」

「任せなさい。リオンに褒めてもらえるような、立派な挨拶とやらをしてあげるわ」

答えになってねー。そこはせめて「やらかさないから安心しなさい」ぐらいは言ってほしかった。

不安になっていると、姫様が壇上に上がる番がやってきた。俺は彼女の傍に付き従いながら、共に壇上に上がり、彼女から数歩離れた場所で待機しておく。

「ご機嫌よう。魔界から参りました、アリシア・アークライトと申します。様々な種族が手を取り合う、まさにこの楽園のような学び舎の一員になれたことを誇りに思っています」

……………おお、まともだ！　まともな挨拶だ！　なんということだ、これは奇跡か!?

いや、違うな。姫様もちゃんと成長されていたんだ。なんだかんだと魔界の姫としての自覚ある行動というものをしてくださっているんだ。やれやれ。俺も心配性が過ぎたな。どうしてもっと姫様を信じてやれないのか。反省しなくちゃな。

俺がひそかに感動している間にも、姫様の挨拶は淡々と続いていく。素晴らしい。ノア様の挨拶にも負けていない。うう、姫様も立派に成長されて――――、

「――――まあ、それはそれとして。わたしから一つ先輩方にお願いがあります」

……………おや？

「一ヶ月後に開催されるこの島のお祭りで、『四葉の塔』を解放する予定です」

……………姫様？

「ですがこの学院では、妖精界の先輩方と獣人界の先輩方との仲が悪いと聞いております」

……………あの？

「塔が解放されないとわたしがとても困るので」

……………ちょっと？

「先輩方にはさっさと仲直りして鍵を譲ってほしいと考えております」

……………待って？

「以上、新入生代表。アリシア・アークライトでした」

優雅に一礼し、舞台袖に下がる姫様。俺はそんな彼女の後を追い、同じように舞台袖まで下がる。

「かましてやったわ」

「なんで自慢げなんですかねぇ!?」

姫様の顔は「褒めて褒めて」とでも言いたげに輝いている。

「姫様。あなたは魔界の代表としてここにいるんですよ!?」

「分かってるわよ。だから、やるべきことをやってるんじゃない」

ピッ、と人差し指をたてる姫様。

「いい、リオン。一ヶ月……たった一ヶ月なのよ、わたし達のタイムリミットは。今回に関しては物事を慎重に進めている暇なんてないの。ましてや、あの治安部長のノアですらこれまでに解決できなかった問題よ。だったらここは、初動から強引にぶちかまして、風穴を開けてやるぐらいの気持ちでやらないといけないの。ノアだってそれを期待してわたし達に応援を頼んだと思うわよ？」

「なるほど……確かに。ノア様ほどのお方なら、これまで常識的な策はいくらでもとってきてそうではありますよね。だからこそ非常識な姫様のやり方に期待された、と」

「ちょっと引っかかる言い方だけど、そういうことよ。逆に言えば、ノアが期待する通りの働きをしてあげたってワケ。良いように利用されたようで気にくわないけどね」

「たぶん期待以上の働きをしてくれたと思いますよ」

「ホント？」

「ええ。姫様の挨拶、ノア様めちゃくちゃウケてましたから」

舞台袖で様子を窺っていたノア様が見えたけど、くつくつと面白そうに笑ってたなぁ、あの人。

「…………釈然としないわ」

ぷくっとかわいらしく頬を膨らませる姫様。こういう幼さのようなところをちゃんと持っているのが、この方の良い所だと俺は思っている。

「それにしても、姫様がこんなにまじめに任務に取り組んでいらっしゃるのは珍しいですね。いつもと気合が違うといいますか」

「当たり前じゃない。これには結婚が――――こほん。……当たり前じゃない。わたしは魔界のお姫様よ？　任務に対して真面目に取り組むのは当たり前だわ」

え、なに今の。何かとても重要な情報が出てきそうだったんだけど。

「とにかく、勝負はこれからよ。さっきも言ったけど、期間は一ヶ月しかないんだから。早々に次の一手を打つわよ」

☆

姫様が『ぶちかました』挨拶のことがあったものの、入学式は恙《つつが》なく終了した。その後、新入生たちは振り分けられた各クラスの教室に移動する。移動中も教室についてからも、姫様は皆の注目の的だった。あの挨拶のこともあるが、見た目がとても麗しい方というのもある。ある種、いつものことだ。問題は、俺の方はあまりよくない目立ち方をしているという点だ。

――なぜ魔界の姫の護衛に人間が？

とでも言いたげな視線が全身に刺さるし、ひそひそと周囲が囁いているのも聞こえている。これもまたいつものことであり、魔界の姫とただの人間。この組み合わせが異常であることは俺自身がよく知っている。

「リオン。わたしのリオン」

隣に座る姫様の手が頰に触れた。そのまま顔を逸らすことは許さないとばかりに、姫様の真紅の瞳と強引に見つめ合わされた。

「くだらないことを囁く周りを見ている暇があるのなら、わたしだけを見ていなさい」

たとえ歪んだ組み合わせだとしても。それでも……それでも俺は、この立場を手放したくはない。彼女の傍に在り続けたいと思ったから、俺は力をつけた。力をつけて、この立場を摑んだ。

俺は、彼女の傍に在り続けたい。だって――――、

「……姫様。俺は護衛なんですから、周りを見るのも仕事なんですよ」

「……そう。そうね。リオンは、わたしの護衛だものね。だったら、一緒に行きましょう。ついてきてくれるでしょ？」

「勿論です」

学院の今日の予定は全て終了している。姫様が『次の一手』を打つとのことなので、俺は彼女と共に教室を出た。道中もまた注目の視線に晒されることになるだろうが、彼女の護衛として堂々と往こう。

なんだろうな。こういう時、俺の護衛対象が姫様で良かったって思えるんだよな。

「姫様。俺はまだ、『次の一手』とやらの詳細をまだ伺っていないのですが……一体、何をされるおつもりなんですか？」

「それは実際にやってからのお楽しみよ」

頼もしくもあり、不安もあり……という思いを抱えながら辿り着いた先は、

「ここ、治安部の本部じゃないですか。もしかして、治安部に入るんですか？」

「そうよ。これからわたしたちが相手をしなくちゃならないのは、妖精族側と獣人族側の、この学院におけるリーダーよ。ましてや相手は三年生で、こっちは入学したての一年生。学院内での立場は極めて脆弱よ。だから、治安部に入ることでわたしたちに箔をつけなくちゃ。特に治安部っていうのは、荒事にも立ち会うことが多いから、実力主義の場所でもあるのよ」

「確かに……一年生が入学早々に治安部入り。そこそこインパクトがありますね。ですがそれだけだとまだやや足りない気が……」

「……………えっ？」

「そう。普通に入るだけじゃ足りないの。だから、頼んだわよリオン」

姫様はただニコリとそれはそれは魅力的な笑みを浮かべ、治安部の部屋を叩いた。

「失礼します」

入学式で『ぶちかました』一年生に対して、一斉に部屋中の視線が集まった。

……………上級生たちの視線が痛い。あまり歓迎はされていないらしい。

それもそうか。妖精族側と獣人族側の対応は恐らく治安部が担っている。この対立問題を刺激するような挨拶をしてしまった姫様に対して、あまり良い印象は抱いていないことは想像できる。

「ん。ノアはいないようね。よかった、好都合だわ」

「……部長《ボス》は治安部の業務で席を外している。何の用だ？　一年生」

大柄な男子生徒がじろりと姫様を睨んだ。種族は人間。身長は百八十センチ後半といったところか。武骨ながらも頑強そうな、筋肉の鎧とも呼ぶべき肉体を有している。

思わず姫様を庇う形をとろうとするが、その当の姫様本人の手が俺を制す。

「わたしたちを治安部に入れてくれないかしら？」

「……一年生は原則後期からしか入部は受け付けていない。更に付け加えるなら入部は部長《ボス》の承認が必要だ」

「ああ、ごめんなさい。勘違いさせてしまったわね」

姫様は思わず俺も見惚《みと》れてしまうぐらいの優雅な笑みを見せた後、

「下っ端に興味はないの――――わたしが欲しいのは、部長《ボス》の立場《イス》よ」

「………………なんだと？」

姫様は一体何をやらかしてくれてるんだろう。

明らかに目の前の大柄な男子生徒……を、はじめとした、今現在治安部室内にいる生徒全員から威圧感のようなものが解き放たれている。端的に言って、怒っている。当たり前だよ。

「戯れはよしてもらおうか、魔界の姫。我らとてこの学び舎で力も経験も培ってきたと自負している。それを以てして、ノアさんが部長《ボス》に選ばれた。一年生の立場と実力で、部長の立場が務まるとでも？」

「戯れ？　わたしは至って真面目で本気よ。珍しくね」

姫様ぁ。火に油を注ぐようなことをこれ以上言わないでくださいよぉ。

「まあ、いきなりそんなことを言っても納得できないだろうし……手っ取り早くいきましょう。ようは実力があればいいんでしょう？　治安部は実力主義らしいから」

笑みも調子も崩さぬまま、姫様はさりげない様子で、それこそお茶に誘うぐらいの気軽さで。

「この中で一番強い人、出てきて頂戴。————わたしのリオンと勝負しましょう」

………なんですって？

「あのー、姫様。どういうことですか？」

「まずは強いのからシメて力を示した方が早いでしょ？」

「いや、俺が聞いているのは集団を統率する方法じゃなくてですね？」

俺は幼少の頃から魔王軍で訓練を積んできたが……そういえば姫様もよく見学に来てたっけなぁ。昔の魔界は力が正義という風潮があったらしい。それは現在にも多少は残っており、魔王軍も例外ではない。俺が姫様の護衛という立場を勝ち取れたのも、力を示すことが出来たおかげだ。そういう環境に身を置く俺を幼少期から見ていたせいかもしれないな、このぶっ飛んだ提案。

「というかですね、魔界の理屈をここに持ち出すのはどうかと思うんですけど……」

「あのね、リオン」

華麗な足取りで、姫様は耳元に身を寄せてくる。彼女の仄《ほの》かな体温や吐息が間近に感じられ、少しくすぐったい。

「別にわたしがやってもいいのだけれど。ここであなたが力を示せば、周りの鬱陶しい視線だって黙らせられるでしょう？　あなたがわたしの護衛をしていることに、誰にも文句は言わせないわ」

……この人は、本当に。さっきは「くだらないことを囁く周りを見ている暇があるのなら、わたしだけを見ていなさい」なんて言っておきながら、自分はきっちり周りを見ている。俺はこうして姫様にはずっと心配ばかりかけてきたし、余計な気を遣わせてきてしまってたんだな……。

「姫様」

「なーに？」

「それはそれ。これはこれです」

「………じゃあ、魔界の姫として命令するわ」

「それはズルくないですか!?」

「ズルじゃないもん。わたしに与えられている権限の範囲内だもん」

俺は魔王軍の兵士である。『魔界の姫』の命令はもはや絶対のものであり、従うのは当然のことだ。しかし姫様は普段、俺に対して『命令』を下すことは少ない。滅多にない。というか、本人がなぜか「リオンにはあんまり『命令』という形でお願いしたくないの」と言っている。だがそのレアケースをここで叩きつけてくるとは。いや、姫が兵に命令を下すことは普通のことと言えば普通のことなんだが。

「話は終わったのか？」

「あー………終わったといいますか、反則技を使われたといいますか………」

「終わったわ。いつでもかかってきて頂戴」

「姫様!?」

「なら、お望み通り叩き潰してやる」

相手の治安部生徒の右腕に、魔力によって構築された土が集まった。それらは瞬時に巨大な腕の形を成す。人間一人ぐらいなら簡単に掴んでしまえるほどのサイズのソレは、俺ではなく――――姫様に向かって放たれる。

対する姫様はというと、ただ何をするわけでもなく佇んでいる。

彼女の表情には何の憂いも無く。ただの信頼だけがそこに在った。

そんな全部を預けたような、任せきった顔をされたら、

「ああ、もうっ！　任されてやりますよ！」

姫様に迫る土の掌。そんなものを看過するはずなど、とうていなく。

彼女の美しい金色の髪に触れる寸前で、俺の手が巨大な土塊《つちくれ》の掌を止めた。ピクリとも動かなくなる土の腕に対して、治安部の男子生徒は魔法に何が起きたのか理解できないのだろう。可動を試みているが、生憎とこの魔法には俺が『停止』の命令を下している。

俺の『権能』によって既にこの魔法は俺の支配下にある。どれだけ動かそうとしても無駄だ。

「すみませんね。姫様の前で止めておくには物騒なんで……バラしちゃいますね」

そのまま一気に魔力を通し、土塊の掌を作り出す魔法をバラバラに分解してしまう。

堂々と佇まれている姫様の周囲の床に、力を失った土の塊は散らばり沈黙する。

「な……何が起きた!?　オレの魔法が、一瞬で……!?」

「アレド兄……アレド様が言ってましたよ。土で一定の形を作るタイプの魔法はパズルみたいなもの。ピース同士の隙間を魔力でつついてやれば、簡単にバラせる。……魔法じゃありません。ただのちょっとした技術です」

「ッ……！　このッ！」

得体の知れない『何か』を見るような目。

なるほど。学生の治安部だからといって少し侮っていたのかもしれない。俺の技術もそうだが、この『権能』を直感的に危険だと思えるだけの経験を、目の前の上級生は持っている。

反射的に魔法陣を展開し、土属性の魔力で光の槍を五本同時構築。直後、間髪を容《い》れずに射出してくる。これは本能的に俺が危険な相手なのだと警戒した故に身体が勝手に動いた、いわば事故のようなものなのだろう。撃った相手の方が「しまった」とでも言いたげな表情をしている。危険だと判断した相手に反射的に身体が動く……これは目の前の上級生がそれなりの修練を積んでいる証だ。

「リオン。止めてあげなさい」

「言われずともそのつもりです」

体内で魔力を瞬時に練り上げ、『権能』を発動させる。

相手の魔法術式に干渉……『射出』の命令を上書きし、『停止』に変更する。瞬間、魔力の槍はピタリと動きを停止させた。

「また、俺の魔法が止められた……!?　いや、これは……俺の魔法を支配したのか!?」

人間族。獣人族。妖精族。そして、魔族。

なぜ姫様やノア様たちの一族が『種族の代表』という立場になりえたのか。

その理由は唯一つ。彼女たちは神々から『権能』と呼ばれる、魔法を超えた特別な異能を授けられた王族であるからだ。

神々より授けられし『権能』は、種族によって別々の属性を持っている。

たとえば魔族の王が持つ『権能』は――――『支配』の属性。

姫様の転移魔法もその一種であり、彼女の場合は『空間の支配』を得意としている。

この『権能』の特別な点はそれだけではない。王の一族が認めた者に対して、その属性に沿った『権能』を授けることが出来るという能力が備わっているのだ。

たとえば魔王軍四天王の方々も、魔王様より『権能』を授かっている。

――――火を支配する権能。

――――水を支配する権能。

――――土を支配する権能。

――――風を支配する権能。

そうして、各々はそれぞれの支配の形を顕現させた。

同じように俺自身も、姫様より『権能』を与えられた。

俺が発現させたのは『魔法の支配』。今のように相手の魔法に干渉して『支配』し、制御を奪うことが出来る。『支配』した魔法は自在に止めたり動かしたりすることも可能だ。

今やこの槍の魔法は俺の支配下にある。そのまま軌道を変更し……逆方向への『射出』を命じる。

「うおおおおおおおっ!?」

襲い掛かってくる刃に対し、治安部の男はガードすべく腕を使って首と心臓を護ろうとするが
――――生憎と、俺は上級生を串刺しにする趣味なんてない。適度な距離で槍を停止させ、そのまま魔法を解除させる。

「う……!?」

「姫様。もうよろしいですよね？」

「ええ。ありがとう」

ぺたん、と尻もちをついた男を前に、俺は魔法を収める。

……いや、今回のこれは完全にこっちが悪いんだけど。いきなり乗り込んだと思ったらボスの椅子をよこせだもんな。そりゃ向こうも怒るわな。

先輩方に同情していると……姫様は尻もちをついている先輩の前に歩み寄る。そして、

「申し訳ありませんでした」

嫌味すら感じさせない、優雅な一礼。

「先輩の皆様。わたしの突然の無礼をお許しください」

「……ど、どういう……？」

大柄な治安部の男子生徒は、呆気にとられたような表情を浮かべる。それは周囲にいる者達も同じだった。

「治安部は実力が重視される組織。一年生は後期からの入部が原則とされている――その規則は重々承知しております。ですが、それでもわたしには治安部に入らなければならない理由があります。そのために無礼であることを知りながら、このような強引な手段を取ってしまいました。どうかお許しください」

「………うっ……？」

先ほどまでの態度を一変した姫様の様子に、この場にいた誰もが不意を衝《つ》かれている。俺と先輩

の戦いが収まった一瞬の隙を突いた、姫様なりの攻撃だ。こういう奇襲作戦は姫様の得意技である。

「まともな方法では、治安部に入りたいと申し出ても取り合ってもらえないと思ったものでして。ですが――――治安部入りの必須条件である『実力』を備えていることは、わたしのリオンが証明してくれたと思います」

ニコリと、華麗な笑みを浮かべる姫様。事実、俺は『実力がないと入ることが出来ない治安部に入部している先輩』に勝ってしまったわけなので……この場における者たちは、『実力を示すことが出来た』という姫様の言葉に対する反論を封じられてしまった。

まさにぐうの音も出ないとはこのことだ。相変わらず奇襲して一気に攻め落とすのが上手いなぁ姫様……少し前、魔界で魔王様と喧嘩になったらしいけど（どんなことで喧嘩になったのかは知らない）、最後はこんな感じで攻め込んだんだろうな……。

誰も何も言えない状況。一種の停滞状態に陥ったその時。

「お見事、ですね」

拍手と共に、ノア様と一人の中年の男性教師が部屋に入ってこられた。

「ぼ、ボス！　お帰りなさいませ！」

治安部の生徒たちがピシッと姿勢を正す。おお、よく訓練されてるな。

「ええ、ただいま戻りました」

「なーにが『ただいま』よ。少し前から見てたでしょうに」

「おや、お気づきでしたか。気配は完全に絶っていたつもりでしたが……流石は魔界の姫」

くつくつと楽しそうに笑うノア様。あー、この人また面白がってるな。

「笑っている場合かね、ノア君。ここは治安部だぞ？　学院の治安を守る者がトラブルを起こしてどうする」

眉を寄せているのは、ノア様と共に入ってきた中年の男性教師だ。

「そう怒らなくても良いではありませんか、ナイジェル先生。現状、治安部では持て余している問題を解決せんとする、志高く、かつ実力を備えた新入生です。頼もしいものですよ」

白々しいなぁ……応援を呼んだのはアンタだろうに。

「まさか、君はこの一年生を入部させるつもりかね？　伝統を曲げてまで？」

「良いではありませんか。二つの種族が対立しているこの状況、『楽園島』にとって歓迎できるものではありません。新入生の影響で何かが変わるかもしれませんしね」

「しかしだねぇ。伝統を曲げることは感心せんな。第一、私はまだ塔の件に関しては賛成しかねるよ。妖精族と獣人族の件も、たかだか生徒同士の小競り合いだ。何度も言っているが、そう大袈裟に構えることはない。塔も無理に解放することはないのだよ。いいね？　私は忙しいんだ。そろそろ自分の研究に戻らせてもらうよ」

それだけを言い残して、ナイジェルと呼ばれた先生はつかつかと足早に去っていった。そんな教師を見て、ノア様は肩をすくめている。

「相変わらず、といったところですね」

ノア様には、あのナイジェルという教師に対して何か思うところがあるらしい。

「ボス。申し訳ありません。治安部の一員でありながら、騒ぎを起こしてしまうなど……」

「そう気に病む必要はありませんよ、オスカー。今回ばかりは相手が悪かった。何しろ相手は魔界の姫と、『権能』を授かった護衛です。無理もありません」

確かに、このオスカー先輩（やっと名前がわかった）とやらは相手が姫様であったという点が不運だったと言える。それ以外の相手だったら、この人だけで対処出来たであろうに。

「さて。アリシアさん、リオン君。……君たち二人の治安部への入部ですが、我が『島主』としての権限を以て認めましょう。おめでとう、君たちは今この瞬間から治安部の一員です」

ノア様の宣言に、オスカーさんは微妙そうな……何か言いたげな顔をしている。が、長であるノア様が認めた以上は下手に口出しできないといった様子だ。

「あら。感謝いたしますわ、先輩。けれど、いいのかしら？　あの教師が言っていたような伝統とやらを曲げることになるんじゃない？」

「伝統を気にしている状況でもない、とだけ言っておきましょう。二人に治安部の長としての正式な指令を出します。『四葉の塔』解放を目標に、獣人側の『島主』、デレク・ギャロウェイと妖精側の『島主』、ローラ・スウィフトから『鍵』を回収してください。やり方は貴方に任せます」

「了解しました、ボス。行きましょうリオン。伝統ある治安部の名に恥じぬ働きをしなくちゃね」

「り、了解です」

白々しい二人の、白々しいやり取り。両者の顔には「目的を果たした」とでも言いたげな表情が浮かんでいる。……よくやるよなぁ、ホント。

治安部の部屋を出て、少し歩いたところで姫様は一息をついた。

「これでやっとスタートラインに立てたってとこかしら。ありがとうリオン。あなたのおかげね」

「俺は護衛として当然のことをしたまでですが……姫様。一体何の意味があって治安部に乗り込んで、わざわざ喧嘩を売りに行ったんですか？」

「言ったでしょ。箔をつけるためよ。普通に治安部入りしたってインパクトに欠けるし、だったらいっそ派手に上級生を倒しちゃうぐらいしないと。……そうね。噂が広まるのを待ちたいから、鍵集めは三日後ぐらいからにしましょう」

これも姫様お得意の奇襲作戦の一つだったのか。派手に暴れて箔をつけ、只者《ただもの》じゃない奴らだと警戒させてから堂々と乗り込む。……まあ、暴れるのは俺の役目だったんだけど。

「それと、狙いはもう一つあるわ」

くるり、と。前を歩いていた姫様が、俺の方に向き直る。

どこか嬉しそうな、誇らしげな。そんな顔をしていて。

「治安部の上級生を倒しちゃったんだもの。これでもう、リオンがわたしの護衛であることに文句を言う生徒なんていなくなるでしょう？」

「姫様…………」

ああ、まったく。この人は……どうしてそんなに、嬉しそうな表情を浮かべてくれるのか。

「姫様。ありがとうございます。俺は、あなたの護衛で本当によかっ――――」

風の乱れ。反射的に身体は動き、姫様を抱きしめ地面に倒れ込む。

「姫様ッ！」

直後だった。先ほどまで姫様が立っていた場所に、風を切り裂きながら幾つもの短剣が叩き込まれた。石畳を容易《たやす》く抉り、突き刺さる刃。それは先ほどのオスカーさんとは全く違う、殺意のこもったモノ。……姫様の命を奪うつもりで放たれたモノだ。

「リオン、後ろ！」

「ッ！」

振り向き、視界に入ってきたのは黒いマントで全身を覆った何者か。

手には剣を持っており、距離を詰め、俺諸共に姫様を貫かんと刃を既に解き放っている。

短剣を回避されても次の手段を動揺することなく実行している。加えて、あの短剣には結界を編む魔法を仕込んでいたらしい。俺たちの周囲はいつの間にか魔法の防御壁によって包囲されており、逃げ場というものが一切ない。

一手一手が無駄なく、流れるように繰り出されている。タイミングも良い。ひと騒動終わった後の、気の緩んだ一瞬を狙った。……間違いない。こいつは幾つもの殺しの経験を積んだプロだ。普通ならこれで詰みだ。それぐらい完璧な連撃だった。


──────普通、なら。


「ッ!?」

謎の黒マントが驚愕の声を漏らす。それもそうだろう。周囲に展開していた防御結界が歪曲し、俺と姫様に向けて放たれた刃を完全に遮断していた。刃はそれ以上先に進むことを許されず、防御壁にぶつかるままだ。

「アンタの魔法を『支配』した」

姫様より授かった『支配』の権能。

相手が俺たちの逃げ場を塞ぐ為、短剣から展開した防御魔法の結界。それを俺が『支配』し、こちらの防御に利用したのだ。

「………！」

己の一手が外れたことを知ると、軽快な動きで下がる黒マント。しかし、今度は俺が逃がさない。

『支配』した結界を利用し、今度は俺があの黒マントの逃げ道を塞ぐ。

「逃がすかよ。……姫様、お下がりください」

集中力と魔力を瞬時に高める。姫様を……俺の大切な人を、傷つけさせないように。

「コイツはあなたの命を狙っています。だから――――俺が潰します」

第四話　お姫様は目の前の人を助けたい

この『楽園島』という特殊な場所にある魔法学院だけあって、侵入者に対する防御策はかなり高性能なものを実現している。数千種類以上の魔法効果を折り重ねた結界。俺も資料だけでなく実際に目で見て一通り確認したが、特に問題は見当たらなかった。流石は兄貴たちだと舌を巻き、尊敬の念を新たにしたのは記憶に新しい。

だが事実として、目の前の黒マントはこうして学院の敷地内に入り込み、姫様の命を狙った。絡《から》繰《く》りがあることは間違いない。そしてその絡繰りを解明しておかないと、今後も姫様は危険に晒される可能性が高い。

問題はコイツの裏にいる何者かだ。黒マントがどこの誰かは分からないが、確実に裏に誰かがいる。姫様を殺せと命じた何者かが。相手の結界を『支配』して逃げ場を失くし、閉じ込めることは出来た。あとはコイツを叩き潰して黒幕の名前を吐かせるだけだ。

本来ならば姫様の安全を優先して、姫様が傍に居る状態で戦闘に入るべきではないのだろう。だが、ここは四天王の方々がいる魔界でも魔王城でもない。ましてや相手の情報が何一つ摑めていない。この状態で取り逃がせば、今度はいつ何処で襲ってくるのかも分からない状況で警戒し続けなければならない。そうなればもうこちらが消耗するだけだ。何より、姫様にいつどこで誰が襲い掛かってくるかもしれない恐怖を与え続けることになる。そんなことは俺が許さない。

「………」

こちらの動きを警戒してか、黒マントは一向に動こうとしない。

俺の背後には護衛対象である姫様がいる。迂闊《うかつ》に飛び込むことは出来ない――と、考えているのだろう。実際それは当たっている。それでも不利なのは相手だ。この膠着《こうちゃく》状態が長く続いても相手に良いことなんて一つもない。人が集まれば都合が悪いのは向こうだ。

「………――ッ」

先に動き出したのは黒マント。下手に魔法を使うと俺に『支配』されると考えたのだろう。一瞬で距離を詰めてくる。体術の方も相当な腕を持っているらしい。動きが鮮やかだ。

「っと」

マントの隙間から数本の短剣が一気に飛び出してきた。軌道上に姫様がいないことを確認しているので、上半身を捻ってかわす。だが間髪を容れずに今度もまたどこにしまってあったのかも分からない刀を振るってきた。

「暗器使いってやつか？」

「………」

答えは返ってこない。ただ無言のままに刃が振るわれるが、俺は相手の手元を蹴り上げて刀を弾く。その後も流れるようにマントの隙間から様々な刃が飛び出してくるが、俺はそれを今度は紙一重、できるだけ最小限の動きで回避していく。

「…………ッ!?」

「驚いているところ悪いけど、アンタの動きは遅すぎるんだよ。イストール兄貴に比べればな」

俺を鍛えてくれた師匠は魔王軍四天王だ。あの方々に比べれば、目の前の暗器使いはあまりにも遅い。この速度でどれだけの武器を出してこようとも、いくらでも避けられる。

「…………………ッ！」

繰り出されたのは、隙と称するに相応《ふさわ》しい大振りの一撃。

俺は待ってましたとばかりに地面を蹴って跳び、軽やかにその一撃を躱すと同時に身体を捻り、回転を加える。そのまま一気に脚を振り下ろし、黒マントの首元に叩きつけた。

「…………ッッッ！」

かくん、と糸が切れた人形のように倒れ込む黒マント。

意識を失っていないだけ大したもんだ。しかし、これ以上動くことは出来ないらしい。身体を動かそうと必死にもがいているが、全身が僅《わず》かにピクピクと震えているだけだ。

勝負あり、といったところか。

「終わったようね」

「ええ。……姫様、お怪我はありませんでしたか？」

「おかげさまでね。ありがと、リオン。むしろあなたの方に怪我はないの？」

「おかげさまで怪我一つありませんよ」

事実、俺が持つ『魔法を支配する』権能は姫様から与えられたものだ。

この圧勝も姫様や四天王の方々のおかげといっても過言ではない。

「さて……では、この黒マントの正体を拝んでやりましょう」

魔力で構築した鎖を生み出し、黒マントの全身を拘束する。そのまま地面に転がした状態で、慎重に顔を覆っているフードを引っぺがした。

「……ッ。これは…………」

顔を見ると……見た目は俺たちとそう歳の変わらない妖精族……エルフの少女、であることは尖った耳を見てかろうじて分かった。というのも、彼女の顔の下半分は、夥《おびただ》しい数の呪符が貼り付けられていたからだ。無口な奴だと思ったが、違った。そもそもコイツは、発言そのものを封じられていたんだ。喋れば即座に命を奪うような術式が刻まれている。

加えて、首元には鈍色の首輪が装着されている。これは『奴隷の首輪』と呼ばれる魔道具《マジックアイテム》であり、文字通りこれを着けられた者は魔法契約によって主の『奴隷』になってしまう。命令に背いた場合、その時点で首輪によって奴隷の首が弾け飛ぶ仕組みだ。

「…………センスないわ。こんなにもつまらないことをする下種《げす》がまだこの世にいたのね」

姫様が珍しく露骨に眉を寄せている。こういう仕打ちは、姫様がもっとも嫌うものの一つだ。俺もあまり好きなやり方ではない。

「…………ッ！」

黒マントの少女が身に着けていた首輪から、魔力が微かに弾けたことを察知する。

そのまま徐々に魔力が首輪全体に巡り始めた。

「首輪が起動したのか！」

おそらくこの起動用魔力が首輪全体に完全に行き渡った瞬間、この少女の首が潰れる仕組みとなっているのだろう。この術式を組んだヤツ、相当に質《たち》が悪い。あえて時間をかけることで首輪をつ

けた相手にじわじわと恐怖心を与えるつもりなのだろう。残り時間は数十秒。それを過ぎれば、彼女は――、

「…………………！」

黒マントの少女はカタカタと身体を震えさせ始める。呪符で大半が見えないものの、その表情が――涙を流したその表情が、恐怖に満ちていることは分かる。この首輪を着けさせた者の目論見通り、この少女は今、心を蝕《むしば》まれているのだ。任務を果たせなかった者を容赦なく切り捨てる。そういう方法があるのは理解している。が、反吐《へど》が出るやり方だ。

「リオン」

姫様は、少女の手を握っていた。先ほどまで自身の命を絶とうとしていた者の手を。俺も、黒マントの少女本人も、姫様のとった行動に目を見開く。

「姫様。コイツは」

「お願い。助けてあげて。あなたに与えた権能なら、それが出来るはずよ」

…………確かにこの少女にされた仕打ちは酷いものだ。命を絶つことを可能とする爆弾を二重に仕込み、恐怖の底に落として嘲笑《あざわら》うような首輪の仕掛け。あまりにも醜悪な行いだ。しかし、コイツは姫様の命を狙った者だ。仕方がなかったとはいえ、同情のできる境遇とはいえ。可哀想だと思う。でも、俺にはそう簡単に許すことは出来ないものだ。情報を引き出すために助けるなら分かるが、心から救いたいと思うことは出来ない。俺の大切な人の命を奪おうとした相手に。

それでも姫様は――この人は、心の底から少女を救いたいと願っているのだ。ほんの数分前まで自分の命を狙っていた相手を、救いたいと。心から。

「………分かりました」

俺は彼女の護衛であり、彼女に仕える兵だ。

主の命令であれば従うのみ。

「姫様に感謝しろ」

ただ、それだけを告げ。

俺は姫様より与えられた『支配』の権能を発動させる。

呪符と首輪の術式に介入して『死』の命令を削除。魔法の『解除』を命令する。

「────あ……」

小さな破砕音と共に首輪が砕け、彼女の顔の大半を覆っていた呪符が剝がれ落ちる。

信じられないコトが……奇跡が起こったとでも言いたそうな。自分の首がついていること、生きていることを確かめた後、彼女はゆっくりと姫様に視線を移した。同時に姫様も、この黒マントの少女を見つめる。

「あら。ふふっ……カワイイ顔をしてるのね」

黒マントの少女の持つ淡い水色の髪を、姫様は優しく撫でる。慈愛に満ちた表情のまま、彼女の頰に手をそっと当てる。黒マントの少女の中に残る恐怖を、少しでも取り除いてあげたいのだと言わんばかりに。

「………なぜ、助けたのですか？」

「だって仕方がないじゃない。貴方、泣いてたんだもの」

優しく語り掛ける姫様の指が、黒マントの少女の目元に残っていた涙を拭う。

「確かにアナタは喋ることが出来なかったけれど――わたしには、「助けて」って言っているように見えたの。だからリオンにお願いしてアナタを助けてもらった。それだけよ」

「ですが、私は貴方の命を――」

言葉を紡ごうとした黒マントの少女の唇を、姫様の指が止めた。

「もういいじゃない。アナタはわたしを殺せなかったんだから」

……………もういいじゃない、で済ませていい問題じゃないんだけどなぁ。

でもまあ、これがいつもの姫様といえば姫様だ。

「ちゃーんとリオンにお礼を言っておきなさいよ？　アナタにかけられていた魔法を『支配』して解除させたのはリオンなんだから」

言いながら、姫様は黒マントの少女の頭を優しく撫でる。

「怖かったわね。ほんの少しでも喋れば殺されてしまう。与えられた命令を達成できなければ殺されてしまう。本当に怖かったでしょうね。でも、大丈夫。貴方はもう大丈夫。安心していいの」

黒マントの少女が、胸の中に抑えていたものを吐き出したかのように涙を流し始めるのに、そう時間はかからなかった。

幼い子供のような鳴き声が辺りに響き渡り、姫様は彼女が泣き止むまでずっと傍に居た。

☆

数日後。

朝。屋敷で姫様はソファーに座り、優雅にお茶を飲まれていた。

「結局、あの首輪や呪符からはなーんにも情報は得られなかったわね」

「そうですね。命令を出した者に繋がりそうな痕跡は一切見当たりませんでした」

「残念だけど、まあ仕方がないわ。気を取り直して、わたしたちは任務に集中しましょう」

「…………………」

「リオン。わたしのリオン。一体、どうしたの？」

「姫様。一つ質問してもいいでしょうか」

「ん。いいわよ？」

「………なんでコイツを拾ったんですか？」

俺が向けた視線の先――――そこにいるのは、メイド服に身を包んだ一人のエルフ族の少女。

「私が何か？」

「何かじゃねーよ暗器使い」

「リオン。この子は暗器使いという名前じゃないわ。マリアっていうカワイイ名前があるんだから。カワイイでしょ？　わたしがつけたのよ。えへん」

「いや、俺が言っているのはそういうことじゃなくてですね？　なんで自分の命を狙ってきた暗殺者を自分の部下にしてるんですかってコトでしてね？」

「仕方がないじゃない。マリア、行くアテが無いって言うんだもの。実力もあることだし、丁度いいから部下にしちゃえって思って」

「めちゃくちゃノリが軽いですね!?」

――――あれから。黒マントの暗殺者ことマリアは身柄を治安部に確保され、『島主』のノア様が引き取った。マリアは何者かの命令で姫様を襲撃したが、首輪の効力によってマリアの記憶から『何者か』の記憶は忘却させられていた。

ただ覚えているのは、幼少の頃に『奴隷』の身分になったこと、『何者か』がマリアを買い、道具同然の扱いをしてきたということだけ。そんな名前すら与えられなかった彼女を姫様が引き取り、『マリア』という名を与えたというわけだ。

あろうことか自分の命を狙った者をメイドとして傍に置いておくなんて……普通では考えられない。というかありえない。また姫様のいつもの『ワガママ』が発動したというわけだ。……というか姫様、たまにこういうことするんだよなぁ。姫様に助けられたことがきっかけで魔王軍に入った者も実はそこそこいたりする。

「姫様。また命を狙われるかもしれないとは思わないんですか？」

「思わないわよ。だってもうマリアがわたしの命を狙うメリットってないし。あの時流した涙が本当だって、わたしは信じてるもの。……あと、勘ね」

……姫様の勘、よく当たるからなぁ。

「それに、何かあったとしてもリオンが護ってくれるんでしょう？」

「…………そりゃあ、そうですけど」

「ならいいじゃない」

ニコリと笑う姫様。ずるいと思わざるを得ない。そんなのは殺し文句みたいなものだ。

「マリアって歳はわたしやリオンと同じらしいのよ。ふふっ。わたし、同年代のお友達がほしかったから嬉しいわ。リオンも仲良くしなさい？　手続きはもう終わってるから、マリアもわたしと同じ学院の生徒になるんだから」

「えぇ………まあ、ご命令とあらばそうしますが……」

チラリ、とメイド服に身を包んだ暗器使いことマリアに視線を送る。

「アリシア様……アリシア様……嗚呼《ああ》、アリシア様ぁ……この身は全て貴方に捧げます……」

助けられたことで姫様に心酔して忠誠を誓ったらしいけど、めちゃくちゃヘンな方向に拗らせてるぞコイツ！

「姫様。コイツは危険です。すぐにでも叩きだしましょう！」

「嫌よ。だから仲良くしなさいって。マリアはちゃんと出来るわよね？」

「勿論です。……リオン様、貴方が私を信用できないのは無理もありません。ですが、既にこの身、この心は全てアリシア様に捧げる覚悟でございます。アリシア様にはその麗しいおみ足で踏まれたって構いません。むしろ光栄なことです」

「踏んで欲しいの？　わたしは別に構わないけれど……」

「マジでございますか!?」

「姫様やめてください！　コイツ余計に拗らせますから！」

☆

魔王軍四天王。

それは魔界に燦然《さんぜん》と君臨する四人の英雄である。

「溺れなさい」

凛とした声が告げると、湖を蹂躙《じゅうりん》していた魔龍が悲鳴を上げる。

己が蝕み、汚染していた水がたちまち唸り牙を剝く。湖に生まれた渦に呑み込まれ、水を操る力を持つとされる魔龍は身動きが取れずに溺れていく。

水のエレメントを司る四天王、レイラ。

彼女の意思に従うかのように水が蠢《うごめ》き、渦を巻く柱となる。水の存在しない空中に打ち上げられた魔龍にもはや為す術もない。

間髪を容れずに作り出された無数の水の槍が、魔龍を貫いた。次の瞬間に魔龍は全身を氷漬けにされた後、粉々に砕け散る。

煌《きら》びやかな氷の破片が降りしきる中で佇むレイラ。彼女の姿はあまりにも美しく、周囲にいた魔界の村人や兵士たちは息を呑んだ。

「片付いたわ。これでもう、アナタたちの村が魔龍の脅威に怯えることはないわよ」

「あ、ありがとうございます、レイラ様！」

「流石は四天王……我らが束になってもかなわなかった竜種を赤子扱いだ」

歓声に包まれるレイラは、村人たちに笑顔で手を振って応える。

そんなレイラの下に、部下である魔族の女性が歩み寄る。彼女はレイラの部下であり、魔界のアイドルとして忙しい彼女の仕事や予定をある程度管理している。

「お見事です、レイラ様。竜種を容易く仕留められるとは」

「ありがと。竜種とはいっても邪竜よりは全然格下だし、四天王の相手としては大したことないわ。で、次の予定はなに？」

「暴走魔物の被害にあった村の慰問が二件。その後は街でライブと握手会とお料理教室。更にその後は依頼が出ているSランク魔物の討伐。更に更にその後は四天王の定例会議がございます」

「今日も予定が詰まってるわねー……我ながら働き過ぎじゃないの？」

「ついでに、人間界から四つ、獣人界から二つ、妖精界からは七つ、魔界からは三つのお見合い話……というか、求婚されておりますね。どれも名だたる貴族やら王族やらでより取り見取りと言った感じでございますが。……わお。どの方もハイスペック＆イケメンですよ。見ます？」

「いらない。興味ないから断っといて」

「承知しました」

「………ていうか、なんか最近めちゃくちゃ忙しくなってない？」

「暴走魔物の増加もそうですが……歌だのお料理教室だの、幅広く手を出してるのが原因です」

「うっ……だ、だって仕方がないじゃない！　かわいいかわいいアタシのリオンが五歳の時に、『姉貴の歌って綺麗で、俺大好きですよ！』とか、『姉貴の料理は世界一です！』とか褒めてくれたんだもの！　そりゃー、はりきっちゃうわよ！　だって五歳のリオンかわいいんだもの！　あっ、今もかわいい！」

「我が上司ながら単純すぎて心配になりますね。……それでもまあ、アイドル業が魔界どころか世界中で大人気になっちゃったんだから凄いですけど」

「はぁ……こういう話してたら、リオンに会いたくなってきた。いっそのこと会いに行こうかしら」

リオンがアリシアと『楽園島』に行ってからまだ一ヶ月も経っていない。それでもレイラは既にかなりの寂しさが募っていた。

「その件ですが本日の定例会議後は『リオンからの報告書をみんなで読む会』が開かれるそうです」

「オーケー。さっさと次の仕事に行きましょう。休憩もいらないわ。巻いて巻いて巻いて巻いて進めてリオンからの報告書をソッコーで読みに行くわよ！」

「単純すぎてマジ心配です、我が上司」

☆

「――――以上で、定例会議を終了する」

『四天の間』に集った魔王軍四天王の四人は、魔界の現状や今後の対策について一通り話し終えるとすぐにまた姿勢を正した。彼らにとってはここからがお楽しみタイムである。

「ではさっそく読むぞ！　リオンからの報告書を！」

書類を手にするイストールの周りに全員が身を寄せた。

一文字一文字を丁寧に確認しながら、文面を読み込んでいく。

「……どうやらリオンは、元気にやっているようですね」

まず最初に安堵したのはアレドだ。続いて残りの面々もほっとしたように肩の力を抜いた。

「姫様、相変わらず面白いコトやるよね～。ボク、姫様のこーいうところって楽しくて好きだなっ！」

「自分の命を狙った者を部下にするなんてね……あの方の『ワガママ』にはいつも驚かされるわ」

「きっと魔王様に似たのだろう。遍《あまね》く者を受け入れ、皆と共に覇道を歩まれていた魔王様に」

この場にいる四天王の面々も、かつては様々な事情を抱えていた。中には魔王と拳を交えた者もいる。だが、今はこうして四天王という、魔王からもっとも信頼される四人となった。

「しかし……このマリアという少女を送り込んだ者は何者だ？　なぜ姫様の命を狙う」

「狙うタイミングがあまりにも突発的ですね。まるで、慌てて狙い始めたような……」

「んー。例の魔法犯罪組織のことも片付いてないのに、厄介なことになったねぇ～」

ネモイの言う魔法犯罪組織とは、一年ほど前から魔界の海で活動している賊たちのことである。どこからか高性能の魔道具《マジックアイテム》を仕入れてきては輸入船を襲撃し、積み荷の略奪を繰り返している。更には陸地でも街や村を襲うなどの行為を繰り返している。厄介なのは彼らの持つ高性能兵器であり、魔王軍の兵士たちも苦戦するほどだ。

暴走魔物とこの魔法犯罪組織の二つは、魔王軍がいま一番手を焼いている長期未解決案件だ。

「……ここで考え込んででも情報が足りなすぎるわね。アタシたちでも色々調べてみましょう」

「ふむ。レイラの言う通りだな。ここで四人顔を突き合わせても何も進展することはないだろう。各自、情報収集に励みリオンを援護するのだ」

☆

「ねぇ、リオン。何をしているの？」

「四天王の方々に報告書を送っていたところです」

魔鳥の足に報告書をくくりつけ、屋敷の窓から空に解き放つ。強靱な肉体と魔力を持つ魔界の鳥なら、一日もあれば魔王城まで書類を届けてくれるだろう。

「リオンからの報告書ねぇ……みんなの喜ぶ姿が目に浮かぶわ」

「そうですか？　ただの報告書ですよ？」

「あなたにとってはそうでしょうけどね」

居間のソファーに座り、やれやれと肩をすくめる姫様。

「ま、それはそれとして……リオン。マリア。今日から、本格的な『鍵』集めに動くわよ」

「鍵……というのは、お話しされていた獣人族と妖精族の？」

問うてきたのは、拗らせメイドことマリアだ。

姫様の部下のメイドとしてこの屋敷に来てから一日が経った。既に魔法学院の生徒として転入まで済ませており、クラスでは入学間もない時期にやってきたミステリアスな生徒として話題になっている。

「ええ。わたしが持っている魔界側の鍵と、ノアの持っている人間界側の鍵。これに獣人界側と妖精界側。合計四つの鍵があれば、学院内の『四葉の塔』が解放出来るわ。それが当面の目標なの」

「獣人族側の生徒と妖精族側の生徒の和解……難しい任務ですね」

「そうね。でも、やり遂げなくちゃ。わたしはいずれ魔王になるんだから。これぐらいのこと、これからいくらでも降りかかってくるだろうしね」

おお、姫様がやる気に。いつもはこんなにもやる気を出してくれないのに。……嬉しいことなんだけど、なんで今回こんなにもやる気になってるんだろう？　……まあいいか。

「わたしたちが和解を目的として動いてることは既に入学式で宣言してるわ。つまり、そんなわたしたちに鍵を譲渡するということは、『和解の意思表示』にもなる。直接のやり取りを通さずに済むんだから、少しは和解するきっかけのハードルが下がると思うの」

「姫様。もしかして、それも計算に入れて入学式であんな宣言をしたんですか？」

「そうよ。言ったでしょ、時間がないって。チャンスがあればそこに詰め込まなくちゃ」

こういうところはちゃっかりしているというか、そつがないんだよな。姫様って。

「アリシア様。とすれば、本日はどう動かれるのですか？」

「そうね……まずは獣人族側かしら。マリアもお供してくれる？」

「構いませんが、よろしいのですか？　私はエルフです。獣人族側を刺激してしまうのでは……」

「刺激するぐらいでいいのよ。わたしたちは和解を目指してるし、時間もないし……わたしたちの味方をしてくれるエルフ族がいるだけでも心強いじゃない。それに、貴方はわたしのメイドよ。わたしは連れて歩けないような子をメイドにした覚えはないわ」

「……っ！　承知しました、アリシア様。僭越《せんえつ》ながらお供させていただきます」

「頼りにしてるわ」

「はいっ」

……嬉しそうに笑いやがって。俺はまだ完っ全には信用してないからな拗らせメイド。というか姫様も姫様だ。そういうことをぽんぽん言うから部下がみんなあなたについていくんですよ！

「リオン。わたしのリオン」

するり、と。姫様の手が優雅に俺の頬を撫でる。

いつの間にやら姫様は俺のすぐ傍に近寄っていた。ふわりとした華のような香りが漂い、不意打ちのように心臓の鼓動が跳ねる。実際、不意打ちだ、こんなの。

「大丈夫よ。わたしは、あなたもちゃーんと頼りにしてるから」

「……そうですか。よかったです」

「ふふっ。もしかして、マリアに嫉妬しちゃったの？」

「いや、別にそんなことは…………」

「ホントのことを言ってね？」

「…………ない、とは言い切れないようなそうでもないようなかもしれないような……」

「ほらやっぱり」

勝ち誇ったような笑みを浮かべる姫様に、俺は何も言えなかった。

確かに嫉妬していたのかもしれない。俺の居場所がちょっとだけ、取られたような気がして。姫様に頼られていることが、自分でも思った以上に嬉しかったんだなぁ……。

「リオンのそういうところ、わたしは好きよ。可愛くて」

「…………俺は嫌いです」

「あら。あなたは、わたしが好きだといったものを嫌いって言っちゃうの？　悲しいわ」

「姫様ズルい！　その言い方はズルいですよ!?」

「ズルじゃないもーん」

無邪気に笑う姫様に、俺は内心で白旗をあげた。無理だ。この人には永遠に勝てる気がしない。

「ずーっとこうしていたいけれど、そろそろ学院に行く時間ね」

気まぐれな猫のようにするりと抜け出し、準備をしに部屋に戻る姫様。助かった。あのままだったら確実に俺の方がもたなかった。…………何がもたないのか、自分でもよく分からないけど。

「リオン様」

「…………なんだ？」

「アナタとアリシア様は、いつもこういうことをしていらっしゃるのですか？」

「いつもってワケじゃ……いや、いつもこうかも。俺が一方的にからかわれてるだけなんだけどさ」

「なるほど。どうやらアリシア様は、アナタを最も信頼しているようですね」

「…………どうしてそう思うんだよ」

「どうしてもこうしてもありません。全てを貴方に預け切ったような振る舞いや笑顔……一番の信頼がなければしないと思いますが」

……………くそっ。ちょっと嬉しいこと言ってくれやがるぜコイツ。だが俺はこんなもんで認めてやらないからな！　絶対だからな！

「なあ、マリア」

「はい？」

「………………………お菓子作ったんだけど、食べる？」

「頂きましょう」

第五話　お姫様は部長に会いたくない

普段割と好き放題に動いている姫様だが、学生の身分となったことで自然と大人しくなる時間が増えた。席に着き、じっとしながら授業を聞いている姫様の姿はとても麗しい。傍から見れば気品溢れる令嬢といったところだろう。周囲の生徒たちも男女問わず見惚れてしまっているぐらいだ。

「アリシア様……たいへん麗しい……そのままのお顔で罵《ののし》られたい……」

……今は学院の制服に身を包んでいる拗らせメイドことマリアもいるが、それはそれとして(というかせめて授業を聴く姿勢ぐらいは見せろよお前は)。

俺は知っている。

姫様が今、何を思っているのかを。

――この授業、つまらないわ。

そんなところだろう。間違いない。授業内容は姫様にとって児戯《じぎ》にも等しいものだろうし、退屈を抱いてしまうのは仕方のないことだ。とはいえさしもの姫様も、授業を行っているナイジェル先生を前にしてそんなことを口にはしないが。

「今日はここまで」

鐘が鳴り、授業の時間が終わりを告げる。ナイジェル先生は足早に教室を去っていった。

「つまらない授業だったわ」

先生がいなくなった途端にこれである。やはり俺の考えは当たっていたか。

どことなく不満そうに、子供らしくぷくっと頬を膨らませる姫様。「ああ、アリシア様。なんて愛らしい……」マリア、お前もうちょっと落ち着いてくれない？

「あのナイジェルって先生。優秀なのは分かるのだけれど、もうちょっと授業の方はどうにかならないのかしら」

「優秀な人が教えるのが上手いというわけではないですからね。それに姫様からすれば学院の授業が退屈に感じてしまうのも仕方がないですよ」

「あのね、リオン。わたしは別に授業内容に対してどうこう言っているわけじゃないの。他の先生の授業にはこういうこと、言ってないでしょ？」

「……………それは確かに」

既に学院生活が始まってから数日が経ったが、姫様がハッキリ「つまらない」と言い切ったのはナイジェル先生の授業だけだ。

「他の先生方の授業は素晴らしいわ。確かにわたしはどれもこれもが既に知識として得ていることばかりで退屈かもしれないけれど、学生《わたしたち》に学びを授け、成長を願う意志を感じるわ。だから、わたしは退屈だけどつまらないとは思わない」

「ナイジェル先生の授業は違うと？」

「ただ意志なく淡々と情報を流しているだけっていうか…………なんていうか……とても……とても、煩《わずら》わしそうにしているのよ。みんな真剣に聞いているのに。その熱意に対して、冷めた目で返してる。だからつまらないって感じるのよ。まあ、それが一概に悪いとは言わないけれどね。教師もお仕事だし」

これも姫様の勘のようなものか。こういう時、人間である自分が悔しく思う。魔族だったら姫様の感覚を理解することも出来たかもしれないのに。

「確かにあまり熱心に授業してるって感じじゃあないですけどね……もしかして、マリアも姫様と同じようなことを感じていたりするのか？　だからあんまり真剣に聞いていなかったのか」

「いえ。私は単純にあの教師が嫌いなだけです」

「おい」

「見てるとなぜかイライラします。このイライラを収めるにはもう、高貴で麗しくて気品溢れる魔界の姫に踏まれることでしか収まりそうにありません」

「ちょっとは自重しような？」

というか、マリアがこんなにもヤバいヤツだとは思わなかった。

寡黙なる暗殺者こと黒マント時代の片鱗が少しもない。俺はこんな変態と戦っていたのか……。

「良いものですね、自由に言の葉を紡ぐことが出来るということは。抑圧からの解放……思わず己の欲望を曝《さら》け出してしまいますアリシア様に踏んで欲しい」

ダメだこいつ……あまりにも姫様の教育に悪い。メイドとしてこれほど不適切な少女もいないだろう。むしろ他にいてほしくない。

「リオン」

呼びかけながら、姫様がきゅっと俺の制服の袖をつまんできた。

「わたしも交ぜなさい。二人だけで楽しそうにお話しないで。寂しいじゃない」

「姫様は絶対に交ざらないでください。教育に悪いので……って不満げにほっぺた膨らませないでください。そんな顔してもダメですよ。ほら、今日は『鍵』集めを始めるんでしょう？　早く行きましょう」

姫様を宥《なだ》めながら教室を出る。今日は既に獣人族側の『島主』にはアポをとってあるので、遅れるわけにはいかないのだ。変態メイドに付き合っている時間はないとも言える。

「その前に治安部に顔を出すわよ。一応これ、治安部としての活動ってことになってるし。わたしたちは新人なんだから、顔を出すぐらいのことはしておかないと」

なんだかんだとこういうところはきっちりしている姫様。そんな彼女の顔は、治安部本部に入った瞬間に「後悔」の二文字で埋め尽くされた。

「おや。期待の一年生ではありませんか」

「……………お疲れ様です本日は鍵集めの任務に向かいますのでそれでは失礼します」

「そう慌てないでください」

早口で言うべきことを叩きつけてそのまま部屋を出ていこうとする姫様を、ノア様はくすくすと笑いながら呼び止める。対する姫様は渋々といった様子で足を止めた。

「私も嫌われたものですねぇ。一年生には慕われていたいものです」

「別に嫌いじゃないわよ？　わたしのリオンを取ろうとしなければね」

「これは手厳しい」

余裕あるノア様の言葉に納得がいかないのだろう。姫様はやりにくそうに視線を逸らした。こんな風に露骨な「逃げ」を行う姫様はかなり珍しい。ノア様はよほど苦手な相手なのだろう。

「というか貴方、どうしてここにいるの？　忙しいんじゃなかったのかしら」

「今日はたまたま予定が空きましてね。休憩をとっていたのですよ」

「………だったら自分の家で休憩しなさいよ」

「私はここが落ち着くのですよ。新たに入ってきた後輩たちのことも気になりますしね」

ニコニコ笑顔のノア様に対し、姫様は防戦一方といった感じだ。

次にノア様はマリアに視線を向ける。

「今は『マリア』さんでしたか。どうですか調子は。日々は楽しいですか？」

「おかげさまで楽しく過ごせています。アリシア様とノア様の寛大な処置には感謝しております」

「そうですか。楽しく過ごせているのならよかった。今は貴方もこの学院の生徒です。学生生活を存分に謳歌してください」

「それは……はい」

ノア様の言葉に、さしものマリアも面喰らっているようだ。彼女のしでかしたことはあまりにも大きい。だというのに、ノア様は彼女をただの一生徒として扱い、接しているのだから。

「ですが申し訳ありません。私に首輪をかけた者に関する記憶は未だ戻らずで」

「それは仕方のないことです。首輪の魔法契約はかなり強力なものです。時間をかけてゆっくりと思いだせば良いですし、無理に思いだそうとする必要もありません。貴方にとっては、あまり良い思い出ともいえないでしょうから」

マリアの消された記憶は俺の『支配』でもどうにもできなかった。

　一度消されたものはいくら権能といえども復元できるものではない。首輪が起動した時点で記憶の忘却は行われており、俺が『支配』した時点では手遅れだったことも悔やまれる。

「リオン君」

「あ、はい」

「今日、よろしければ私の屋敷でディナーでもどうですか？」

「結構よ」

　ノア様の誘いに対して俺が何か言う前に姫様がバッサリと切って捨てた。

「安心してくださいアリシア姫。当然、リオン君だけでなく貴方やマリアさんにも誘いをかけるつもりでしたよ」

「白々しい嘘を重ねるのは止めなさい。というか、言ったわよね？　わたしのリオンは渡さないって。いい加減にしないとその眼鏡ごと魔界の果てまでぶっ飛ばすわよ」

「残念です。君のご主人様のガードはなかなか堅い。せっかくですので、私の護衛にも会っていただきたかったのですがね……『島主』の護衛同士、お互いに意見交換も出来たかもしれません」

　ノア様の護衛か。どんな人が担っているのだろう。当然、俺と同じように『権能』も与えられているだろうし興味あるな。こういう機会でもなければ意見交換なんてゆっくり出来ないだろうし、気になる。

「くっ……卑怯よ！　そんな、リオンの興味を引きそうな話題を引っ張り出すなんて！」

「フフフ……アリシア姫。やはり貴方はまだまだ甘い。情報とはこう使うのです」

「甘いのはリオンが作ってくれるお菓子で間に合ってるのよ」

「おや。リオン君はお菓子も作れるのですか？　是非とも味わってみたいものですね」

その後もあーだこーだと言い合いを続ける姫様とノア様。

時間にはまだ若干の余裕があるけど、いつになったら終わるんだろうなこれ。

姫様はまるでフシャー！　と鳴きながら威嚇《いかく》する猫のようでちょっとかわいいけど。

「ああ、もうっ。こうなるからノアには会いたくなかったのよ……」

「ははは。私は楽しいのですがね。とはいえ、ディナーの件はひとまず置いておきましょう。貴方たちはこれから仕事があるわけですからね」

「……そうね。こんなところで言い争っている場合じゃなかったわ。それじゃあ治安部長さん。わたしたちはお仕事に行ってくるから」

「ええ。共に向かいましょうか。治安部のお仕事に」

「……やり方はわたしに任せるって言ったわよね？」

「任せますよ？　しかし、相手は獣人族側の『島主』。そこに新入りだけというのもあまり格好がつきません。今回は部長たる私も同行します。なに、私は基本的には見ているだけですから安心してください」

「……………貴方、お祭りに向けて色々と動いてるんじゃなかったのかしら？」

「先ほども言いましたが、今日はたまたま予定が空いたんですよ」

「………………………」

「はははは。そこまで露骨に嫌そうな顔をしなくてもよいではないですか」

ノア様がいると調子が狂うから嫌なんだろうなぁ……。

「いきましょ、リオン。マリア」

「それは構いませんが姫様。どうしていきなり俺の腕に抱き着くんですか」

「横取り目的の泥棒部長から、わたしのリオンを護るためよ」

いざという時に動きにくいから出来ればやめて欲しい、とは言いづらい雰囲気だなぁ。

でも無理やり引っぺがすと機嫌が悪くなるので、姫様が満足するまでこうさせておこう……。

☆

「はっけーん」

風を纏いながら空中を飛行しつつ、目的の物を視界に捉える。

視線の先には、魔界の海域に浮かぶ一隻の海賊船。

接近されたことに気づいているのか船上では人々が慌ただしく動き回っている。

風のエレメントを司る四天王、ネモイ。

彼女は無邪気な笑みを浮かべると、加速して一気に船に近づいていく。

が、間髪を容れずに船側からの迎撃が始まった。無数の光弾が上空から突き進んでくるネモイに向かって放たれている。

「実弾じゃなくて魔法弾かー。これだけ大掛かりな装備を積んでいるってことは、もしかして当たりかな？」

魔力の塊を弾として撃つ装備は、魔界でも魔王軍レベルの設備や技術力があってこそ採用が可能となっている。ただの海賊が入手するには不自然すぎるほどの装備だ。

「それじゃ、ちょっと張り切っちゃおーかなっ！」

自分に向けて放たれている魔法弾の雨に対して、ネモイは臆することなく突っ込んでいく。

周囲の風を読む技術と自在に風を操る力を持つ彼女にとっては、この程度の拙《つたな》い射撃など、『攻撃』ですらない。

そのまま距離を詰めると、一度空中で動きを止め、じっくりと船を観察する。

その間にも魔法弾はネモイに向けて放たれているが、纏う風はその全てを叩き落した。

「やっぱただの海賊にしては装備が豪華すぎるかなぁ。……よしっ！　当たりっぽいし、持って帰っちゃおーっと！」

船上の海賊たちはネモイが一体何を言っているのか、理解に及んでいない様子だった。ヤケクソのように銃や魔法で攻撃を叩き込んでいくが、その全てが風によって遮られてしまっている。当のネモイ本人はというと、海賊たちの抵抗が児戯とすら思えないほどの膨大な魔力の風を一気に生み出して見せた。そのまま風を操作し、あろうことか海賊船を丸ごと包み込んでしまった。

巨大な風に包み込まれてしまった海賊船は、そのまま海面を離れてどんどん宙に浮かび上がっていく。

「よいしょっと。それじゃあ、しっかり摑まっててね！　これから魔王城まで運ぶからさ！」

海賊たちはまさに阿鼻叫喚。皆が「ふ、ふざけんなぁ！」「冗談じゃねぇ！」と口々に叫び、海賊船から海に向かって飛び込もうとする。だが、船の周りを覆っている風によってあっという間に船の中に押し戻されてしまう。

「あはははっ！　ダメだよ、途中下車は許可してませーん！」

まるで幼い子供のように無邪気な笑みを浮かべるネモイ。

彼女は海賊船を丸ごと風で持ち上げたまま、魔王城に向けて飛行を開始し、あっという間に目的地にまで海賊船を運んでしまった。

「海賊船のお届けでーす！」

「……これはまた、大層なお届け物ですね」

魔王城にある演習場に横たわる海賊船を見たアレドは、「またか」とでも言いたげにため息をついた。海賊船の乗員たちはすっかりくたびれてしまっており、魔王軍の兵士たちに次々と拘束されていった。

「大手柄でしょっ！　これでリオンも褒めてくれるし、ソンケーしてくれるよねっ！」

「……さあ？　それはどうでしょうか。むしろこれからこの海賊船を調べる私の方を褒めてくれるかもしれませんよ。いや尊敬だって大いにしてくれるでしょう」

これ以上は不毛だとお互いに判断したのか、二人の話題は目の前の海賊船にシフトする。

「ところでさ、何か分かりそう？」

「詳しく調べてみないことには、まだ何とも言えませんが……この海賊船に搭載されている装備がきな臭いことは確かです。逆に言えば、詳しく調べてみれば有力な手掛かりが得られるでしょう。それこそ、この装備の入手ルートについてもね」

アレドの鋭い視線が海賊船に向けられる。

そんな彼を見て、ネモイは一つの確信に至った。

「やっぱ大手柄じゃん！」

「…………さて、お仕事を始めるとしますか」

第六話　お姫様は優雅に堂々と完封したい

この『楽園島』には四人の島主が存在し、各々の拠点となる屋敷も存在している。

デレク様の許を訪ねるにあたり今回はその屋敷に向かうこととなった。

雄々しく生い茂る自然に囲まれた、屋敷に続く石畳の道は姫様や俺たちが普段暮らしている屋敷には無いものなので新鮮だ。

「ここの魔力はちょっとだけ荒々しい感じがする。でも……悪くないわ。こっちが気持ち良くなるぐらい純粋だし」

「ふむ。魔力……いや、世界そのものに対する感覚が鋭いのでしょうか。『空間』の支配を成すだけのことはありますね」

「……アナタ、私の『権能』を知っているの？」

「空間に干渉する魔法は最上位のランクに位置しています。そんな魔法を容易く操る稀代の天才の『権能』は存じておりますとも。……そういう貴方とて、私の『権能』はご存じでしょう？」

神々より授かりし『権能』は、魔族だけのものではない。当然、人間族の『島主』であるノア様も姫様たち魔族とは違う属性のそれを有している。

「『団結』の属性、でしょう？」

「その通り。……リオン君。君は『団結』の属性についてはご存じですか？」

「魔力を強化する『権能』だと聞いております。王から『権能』を与えられた者……『保有者《ホルダー》』の数が多ければ多いほど、その強化の力は強くなっていくとか」

「その通り。私たち人間は、他種族に比べて肉体的には脆弱な種族ですからね。だからこそ団結する。ようは『人の繋がりを力に変える権能』といったところでしょうか。『支配』属性のように『保有者《ホルダー》』によって個別の能力が顕現することがないのが残念です」

「条件さえ満たせばかなり安定した力を発揮できる『権能』を持っておいて何言ってんのよ……で、いきなりこういう話をしてどういうつもりかしら」

「私なりの忠告のようなものですよ。なにせここから先は同じ『島主』の領域ですからね。可愛い後輩に対してつい助言のようなものをしてしまっただけです。噂をすれば――――」

ノア様の言葉よりも早く、既に俺やマリアは反応していた。

周囲の茂みから、俺たちの行く手に立ちはだかるかのように、学院の制服に身を包んだ獣人の生徒たちが現れた。数はおよそ十人ちょっと。全員が警戒していることが丸わかりの視線を俺たちに向けている。

「お出ましのようです」

「見たらわかるわよ」

流石というべきか、お二人とも目の前に明らかにこちらを全力で警戒している獣人たちがこの数いるというのに一切怯んでいない。それどころか余裕すら感じられる。

「マリア。警戒しておけよ」

「言われずとも」

なんだかんだとコイツも元暗殺者なだけあって戦闘力が高い。俺と二人ならこの数相手でも問題はないはずだ。

「貴方たち。一体何のつもりかしら。わたしたち今からそこを通るんだけど？」

「何のつもりか、というのはこっちのセリフだ。『敵』を招き入れるなど、どういうつもりだ？」

獣人の一人がチラリとマリアに視線を向けながら、逆に姫様に対して問うてきた。

……まあ、あっちの言い分は真っ当といえば真っ当だし、間違っているといえば間違っている。

今のこの時期にわざわざエルフ族の生徒を連れて乗り込もうというのだから。ただ、言ってしまえばこの現状は『魔法学院の生徒同士の喧嘩』に過ぎない。姫様が誰を連れてどこに行こうが、それは姫様の勝手だ。

「……アリシア様、申し訳ありません。やはり私が無用なトラブルを招いたようです」

「貴方が謝ることじゃないし、謝られるようなことでもないわ。向こうが勝手に因縁をつけてきているだけだもの」

「姫様、そういう相手を刺激するようなことを言わないでくださいよ」

「………………ほぅ。魔界の姫は挑発がお得意らしいな」

ほらー、相手も苛立ってるじゃないですかー。

というかノア様、なんて楽しそうにこの状況を眺めているんだろう。確かに見ているだけとは言ったが。ただ面白《おもしろ》がってるだけにも見えちゃうのはなぜだろうね。

「さっさとそこを退《ど》きなさい。今ならわたしの部下に対する非礼を許してあげる」

「それは出来ないな。我らも主を護るという使命がある」

「デレクも承知していること？」

「たとえ主の意に背く形であろうとだ」

「そう。だったら無理やりにでも押し通るわ」

俺が一歩前に出ると、姫様はそれを制する。

「……姫様？」

「ごめんね、リオン。今日はちょっとわたしがやりたい気分なの」

「いやしかしですね。俺は一応、あなたの護衛なんですが……」

「そうだけど。……うん。あなたに護ってもらうのは、とても嬉しいけれど……今日は許してくれない？　ノアの相手をしてストレスもたまってるし、マリアにもヘンな因縁をつけられて苛立ってるし。たまにはいいじゃない。ね？」

なにが「ね？」だ。まったくこの人は。めちゃくちゃ可愛いけど、それはそれ、これはこれだ。

……ただ、ストレスがたまってるのは確かなのでここらで解消させてあげたいという気持ちもある。というかこのワガママは聞いておかないとまた拗ねそうだし、そうなるとこの後のデレク様との話し合いに影響が出るかもしれない。

「…………分かりましたよ。その代わり、傍にはいさせてください」

「ふふっ。ありがとリオン。大好きよ」

またこの人は「大好き」なんて言葉を軽率に使って……。いや、そこがとても愛おしい部分でもあるのだが。こういうのは簡単に男に対して使わないように言っておかないと。

「では参りましょう、姫様」

「そうね。行きましょうか」

そのまま姫様は石畳の上を歩きはじめる。一歩一歩。優雅に。

まるでその辺に散歩に出かけているような気軽さで。

俺はただそんな彼女の傍に付き従い、歩を進めるのみ。

何の躊躇《ためら》いもなく歩みを進める姫様の姿に、獣人たちは驚愕の表情を露わにしている。

「一度だけ忠告してあげる。自分から退くなら今の内よ。そうでないなら、貴方たちはわたしにひれ伏すことになる」

「冗談も過ぎると不愉快だな」

「その言葉、そっくりそのままお返ししましょう」

やり取りの後。歩みを止めない姫様に対し、獣人の一人が動いた。

おそらく牽制《けんせい》するためのものだろう。植物の蔦《つた》を生み出し、操る魔法を発動させていた。術者の意思に従い軌跡を描く蔦は姫様に向かっている。だが、ソレが彼女の身体に届くことはなかった。

途中で、蔦が地面に叩きつけられたからだ。

地に伏した蔦はピクリとも動かない。大きな力で抑えつけられているかのように潰れていく。

「植物は好きよ。だから、潰してしまうのは心苦しいわ」

「ッ……!?」

得体の知れない大きな力。それを今、獣人たちは感じ取っているはずだ。

「くっ……意地でも通すな！」

一人の叫びが合図となって、残りの獣人たちが一斉に飛び掛かってきた。

だが姫様は顔色一つ変えることなく歩みを進めている。


「――ひれ伏しなさい」


告げるだけで、世界が歪む。

十数人の獣人たちが一斉にひれ伏した。否――地面に叩き落された。

「う……ご、お……ッ…………!?」

大いなる力によって抑えつけられたように、地べたに獣人たちは倒れ伏している。身体を動かそうと足掻いているが、『支配』の力によって指先一つ動かない。

「世界の全てはわたしにひれ伏す。だから貴方もわたしにひれ伏す。とても簡単なことでしょう?」

「…………う……ぐッ……!?」

獣人は何も答えることが出来ない。地面に叩きつけられ、身動きが取れないでいるのみだ。

これが姫様の持つ『支配』属性の『権能』。

空間の支配。転移魔法すら容易く成す彼女は、重力をも操作出来てしまう。

獣人たちがひれ伏している仕組みは簡単で、姫様が操作した重力によって上から抑えつけられているだけだ。物体だけではなく魔法すらも重力の影響下に置くことが可能となっている。……まったく、相変わらず反則的な力だ。

「お出迎えご苦労様。――――では、ごきげんよう」

姫様はただの一度も歩を止めることはおろか、指先一つも動かすことなく、十数人の獣人たちを一瞬で無力化してしまった。

誰より優雅に、誰より堂々と。

姫様は『島主』の待つ屋敷への道を進んでいった。

☆

「いやはや、恐ろしい『権能』ですね。指先一つ動かすことなく、四大種族の中では最も身体能力に優れた獣人たちを抑えつけ、完封してしまうとは」

ついに獣人側の島主であるデレク様の屋敷に辿り着いた。

姫様が自ら『権能』を振るう様を見ることは滅多にない。レアな光景を見ることが出来たともいえるが、学院の行事等でもない限り、姫様自らが戦うようなことは普通はあってはならないのだ。だからいつもは俺が動くのだが、今回のような発散が必要なケースも稀にある。

相手の獣人たちは強硬策に出る相手を間違ったということだ。ストレス発散の相手になってしまったことにはやや同情するものの、そもそも今回はあっちが喧嘩を売ってきたということもあるのでそこまで同情はしないが。

「これが魔界の姫の実力の一端……勉強になりましたよ」

「あら。わたしとしては学院の治安部長様の実力もお勉強させていただきたいところだけど?」

「披露する機会があれば、いくらでも」

バチバチと二人の間で火花のようなものが見える。『島主』同士、もう少し仲良くしてほしいんだけどなぁ……。さすがに獣人族や妖精族のように敵意というレベルまで深刻なわけではないので放置しているが。

「…………」

「どうした、マリア」

「分かってはいたことなのですが、『島主』というものは凄まじい力を持っているのですね。愚かな私は姫様の命を狙い、リオン様に止めていただけましたが……仮にあの場でリオン様がいなくとも、私は返り討ちにされていたかもしれません」

「だろうな。その場合、お前はあの獣人たちみたいに重力で抑えつけられていたわけだ」

「なるほど…………アリですね」

「ナシに決まってんだろ」

このバカは一体何を考えているのだろうか。いや、分かりたくもないのだが。

「で、やっと門まで辿り着いたワケだけど……今度は門番でも出てくるのかしら」

目の前にあるのは堂々とした構えのお屋敷だ。周辺が荒々しい自然に満ちていることは変わらない。

「お待ちしておりましたにゃ」

出迎えと思われる少年が、ゆらりと門の陰から現れた。獣の耳に尻尾があるところを見ると、この少年もまたデレク様に仕える獣人なのだろう。

「主がお待ちしておりますにゃ。どうぞ、こちらへ」

「あら。随分と素直に入れてくれるのね」

「別にアレは主が命令したわけじゃないからにゃー。でもまあ、にゃーからも謝っとくにゃ」

けらけらと楽し気に笑う獣人の少年。どことなく飄々としているというか、軽薄そうながらも掴み切れない部分を感じる。……身のこなしも随分としなやかで独特だ。相当な使い手であるということは窺える。

俺たちは屋敷の中に案内され、客間まで通された。

「……なんか、最初の歓迎がアレだっただけに拍子抜けですね」

「そうね。わたしもてっきり、もう一波乱あるかと思ったけれど」

妖精族と敵対しているという物騒な現状から、もう少し荒っぽいことが立て続けに起こるかもしれないとも思ったのだが。

「今でこそ『こう』ですが、昔はデレクとローラの二人も仲は良かったらしいです。その名残かもしれません」

「それは……意外ですね？」

ノア様の言葉に驚きを隠せない。

俺と姫様があの二人と出会った当初は、とてもそんな様子ではなかったが。

「元々、獣人と妖精族は共に自然の中で生きる種族です。いわば同じ縄張りで生きていたわけですが……まあ、歴史を重ねるごとに妖精族と獣人族の仲は悪化の一途を辿り、深い溝が生まれていました。表向き、今は和解していますが水面下ではまだ溝は埋まっていなくてもおかしくはありません。ですが、そんな中でもあの二人は幼少の頃からの付き合いで、友人として、良きライバルとして共に過ごしていたことがあったらしいです。……しかし、ある時に起きた事件を境に二人は離れるようになったらしいのですが」

「ある事件？」

「詳細は分かりません。ただ、デレクが原因でローラが危うく命を落とすところだった、とか」

「ノア。貴方、そんな重要な情報をどうして教えてくれなかったのよ」

「私の護衛が摑んできてくれたばかりの情報だったんですよ。それをどう使うか考えていたところに貴方たちが来たのです」

と、姫様とノアがまたやり取りをしていると客間の扉が開いた。

威圧感と高貴さを兼ね備えた大柄な男。獣人族側の王族にして『島主』。

デレク・ギャロウェイ様。

「………わざわざ足を運んでもらってすまなかった。それと、オレの仲間たちが君たちに無礼を働いた件も……すまない」

「そちらにも『島主』としての予定があるのでしょう。それに、アレが貴方の命令じゃないってことも分かってる。気にしてないわ」

「………ありがとう。助かる」

本人の見た目にはかなりの威圧感があるものの、声も雰囲気も随分と穏やかだ。

「………ノア」

「心配しなくとも、彼らを拘束したりはしませんよ。ここは学院の外ですからね。大目に見てあげましょう」

「…………感謝する。オレからも、彼らにはよく言い含めておく」

外でいきなり喧嘩を売ってきた連中に比べると、随分落ち着いているな。風格すら感じる。

「…………それで、今日は何の要件だ？」

「分かってるくせに。真面目そうな顔して誤魔化さないで」

姫様の指摘にデレク様は顔色一つ変えない。この人、シレッととぼけてくる辺りただ武骨なだけの男じゃないな。

「だけど言ってあげましょう。わたしたちが要求するのは四葉の塔の『鍵』。もっと言えば、妖精族との和解よ」

真っすぐな要求にデレク様は沈黙し、その隙を狙って姫様は更にたたみかける。

「様々な種族が手を取り合って暮らす楽園。だから『楽園島』と名付けられた。そんな島の学校で、種族間の対立なんて状況が起きてしまっている。しかもその中心人物が『島主』。王族なんだものこれって、とても無様なことだと思わない？」

うわー。いきなり痛い突き方をしてくるなこの人は。

姫様を含む『島主』たちは各種族の代表としてこの島に来ている。その立場を考えると、現状はかなり不味《まず》いし、姫様の言う通り王族としては無様もいいところだ。

「…………悪いが、鍵を渡すことは出来ない」

デレク様の拒絶。姫様はそれもまた予想通りといった反応だ。今の指摘で話が終わっているのならノア様がとっくにどうにかしているだろうから。

「それは、妖精族側のお姫様が嫌いだから？」

姫様は間髪を容れずに突いた一撃。それがどこかしらに突き刺さったようで、デレク様の表情に僅かな揺らぎが生まれた。

そこを見逃す姫様ではない。流れるように次の一撃を突き刺していく。

「幼少の頃には仲が良かったらしいじゃない。なのに現状はこのザマ。まさか相手が嫌いになっちゃったからとか、そんな理由じゃないわよね？　ただの好き嫌い、個人的な感情で、王族としては無様にも程があるような事態を引き起こしている。もしこれが事実だったとしたら、問題解決のために尽力していただきたいものね」

そんなこと欠片も思ってないくせに、よくもまあここまでシレっと的確に相手を煽れるものだ。ましてやこの情報はついさっきノア様の話から摑んだもの。それをさっそく武器として利用する手並みはまさに鮮やかの一言。

「…………それは、違う」

――――引き出した。

デレク様の中にある何かを。

だが、

「…………アリシア・アークライト。君は自由だな。オレにはその自由さが、羨ましい」

「っ…………？」

またすぐに引っ込んだ。姫様は今確実に、何かを摑みかけていたのに。

だけど、なんだろう。違和感……じゃないな。自分自身でも上手く言葉にすることが出来ないけど……なんでかな。デレク様の表情に、ちょっと親近感のようなものを抱いている。同時に、息苦しそうだなとも。

「悪いが『鍵』は渡せない。渡すつもりも……ない。申し訳ないがな」

思っていたよりも、彼の中にある心の扉は厚く重い。

姫様はここからどう動くべきかを決めかねているようで考え込んでいる。

「この現状、『島主』の一人として恥ずべきことだと分かっている。オレも解決できるように尽力するつもりだ」

「だとしたら協力をしてほしいものだけど」

「オレのやり方で尽力するつもりだ」

彼の頑なさは姫様の想像を超えていたらしい。情報が不足しているが故に攻め手が見つからないということもあるのだろう。甘かった、と内心では思っているのかもしれない。

このままでは今日の訪問は空振りに終わってしまう。……それだけじゃないな。

デレク様の表情がどこか気になって、放っておけない。理由は分からないが……俺は、この人の気持ちが分かる気がする。

だからだろうか。俺の口は自然と、その言葉を紡ぎだしていた。

「デレク様自身は……本当に、心から妖精族との和解を望まれているのですね？」

あまりにも唐突で、俺自身なぜその言葉が出てきたのかは分からない。

ただの直感としか言いようのないものだった。

しかし——デレク様の表情が、今度は明確に揺らいだ。

「君は…………」

「姫様の護衛をしている、リオンと申します」

「…………なぜ、そう思った？」

「ああ、いえ。明確な理由はなくて直感なんですけど……なんというか、その……俺と似た感じがするっていうか…………」

たまに姫様のフォローをすることはあっても、自分の意見をこうした王族の方にぶつけることはない。そのせいか、上手く自分の中にあるモヤモヤとした『何か』を言語化することが出来ない。

「俺は、姫様の護衛ですけど……人間です。赤子の頃に魔界に捨てられて、そこをイストール様に拾っていただいて……それからは、四天王の方々に魔界で育てていただきました」

少しずつ、少しずつ。

心の中にあるモヤモヤの中から、自分の言いたいことを汲み取って形にしていく。

「人間と魔族は違います。魔力や身体能力。身体のつくり……そのことを自覚していく度に、魔族とは違う自分が嫌でたまらなくて。でも……姫様たちは、四天王や魔王軍の方々は俺を受け入れてくれました。……ああ、そっか。そういうことか。デレク様も同じなんですね」

やっと、自分の言いたいことが固まってきた。

俺がデレク様から感じ取った何かも。

「デレク様もそうなんですね。幼少の頃にローラ様と触れ合っているからこそ……貴方は、妖精族との和解を望まれている。だけど、そうすることが出来ない理由が他に……デレク様やローラ様以外のところにあるのではないのですか？」

「――――っ」

拙いながらも吐き出すことが出来た言葉に場が静まり返り、そこでやっと俺は我に返った。

「あっ、す、すみません。急に口を挟んでしまい……申し訳ありませんでした」

「いや……良い。今のはとても良かったわ、リオン」

姫様の瞳に、一筋の光が差した。

「あなたの言葉で、この堅物男の仮面にヒビが入ったんだもの」

第七話　護衛はお姫様からご褒美をもらいたい？

「リオン。わたしのリオン」

いつもの調子で、姫様は語り掛けてくる。

「あなた、まだ何か思うところがあるんでしょう？」

――まったく。どうしてこの方は、俺のことをこんなにも分かってくれているのか。

「いや……でもこれ以上、差し出がましいマネをするのは」

「言ってみなさい。大丈夫。何があっても、わたしが責任をとるわ」

ちくしょう。……自分の主に、ここまで言わせてしまって。

引き下がれるわけがない。

「………姫様」

「リオン？」

「本当にすみません。ちょっとだけ、勝手してもいいですか」

俺の突然な申し出に、姫様は嫌な顔一つすることなく。それどころか嬉しそうな顔をして。

「ええ。いいわよ。あなたのワガママ、聞いてあげる。好きにやりなさい」

これじゃいつもの逆だな。まあ、姫様にはたまにはワガママを聞く側になっていただくのも良いかもしれないけど。

「デレク様。俺は、貴方が何に対して悩んでいるのか。何に抑えつけられているのかは分かりません。ですが……俺には貴方が、とても窮屈そうに。息苦しそうにしているように見えます」

だから、と。

俺は思い切って提案をぶつけてみることにした。

「デレク様。俺と、殴り合ってみませんか」

突拍子だと自分でも分かっている。でも、俺には姫様のように策や狙いを講じるようなことは出来ない。だからこれしかないと思った。

「リオン君……それは一体、どういう意図の提案でしょう?」

ノア様は戸惑いを隠せない様子のまま問うてきた。が、俺自身明確な目的があるわけじゃない。

絶対という確信も無い。

「魔界にいた頃、俺が悩んでる時はイストール様とよく模擬戦をしながら悩みを聞いてもらってたことがありまして。つまり、えーっと……こう、拳をぶつけ合えば見えてくるものもあるかもしれないし、溜まっているものも吐き出しやすいんじゃないかなぁ、と……」

「ふむ……なるほど。そういう手段もあるのですね?　私にはまったく思いつかなかったことです」

いや、あんま真剣に考察されても特に深い考えがあるわけではないので俺としても困るというか。

「ふふっ。いいわね、リオン。面白いわ。うん。とっても面白くて素敵よ」

姫様のツボには入ったらしい、ころころと楽しそうに笑っている。

「ねぇ、貴方もそう思うでしょう？」

「…………いや、オレは」

「いいではありませんかデレク。なに、軽い模擬戦とでも考えれば。魔界の姫のように、良いストレスの発散になるかもしれませんせん」

「引っかかる言い方ね？」

「特に他意はありませんよ？」

なんであの二人はまた勝手にバチバチやっているんだ。

だが、よくよく考えれば王族相手に対して不躾《ぶしつけ》にも程がある。

それでも言ってしまった以上は引き下がれない。

やがて、
俺の顔をじっと見つめてくるデレク様と視線が交差する。

「…………分かった。君の提案に乗らせてもらおう」

少しの沈黙の後、彼は静かに頷いた。

☆

魔人と獣人。

この二つの種族に共通していることの一つとしてあるのは、『力』を尊重する文化があったということだ。デレク様が引き受けてくれたのは、そうした文化を持つ種族だからこそなのかもしれない。逆に言えば、俺はここで力を示すことが出来なければ彼の中にある何かを引き出すことは出来ないだろう。

「ここは普段、鍛錬に利用している場所でな。かなり頑丈に出来ているから暴れても問題ない」

「それは……どうも」

周囲を強固な壁に囲まれた空間。魔界にいた頃、こういう修練場はよく使用していたので懐かしさを感じる。まだ魔界を離れてそんなに時間は経っていないはずなんだけど。

「リオン」

姫様に呼ばれ、振り向く。彼女は軽やかな足取りで間合いを詰めると、耳元で囁いた。

「もしこの模擬戦に勝てたら……わたしが、ご褒美をあげる」

「あの、姫様？　これって別にデレク様を倒すわけにやるわけじゃないんですけど……」

「やるからには勝ちなさい。わたし、リオンが負けるところを見るのは嫌よ」

「また随分な無茶を言いますね……相手は『権能』を持つ王族なのに」

「だからこそ、何かモチベーションになるようなことをあげたいの。ご褒美は何がいいか、ちゃーんと考えておきなさい。わたしがなんでもしてあげるから」

「な、なんでもですか」

「ええ。なんでも、よ」

一瞬、頭がクラッとした。姫様が耳元で囁いてくる言葉に甘い香りがしたせいか。それとも、なぜか心臓の鼓動がドキッと跳ね上がってしまったせいか。

「リオンは欲しくないの？　わたしからのご褒美」

「…………そ、そのことは置いておきましょう」

「…………リオンのいくじなし」

「いくじなし!?」

なぜ俺はショックを受けているのだろうか。分からない。分からない、が……姫様に「いくじなし」と言われて、言葉にし難い謎の衝撃が来る。

「で、デレク様を待たせているので……姫様、そろそろ離れてください」

「逃げたわね」

「うぐぅ!?」

「……まあ、いいわ。がんばってね、わたしのリオン」

それだけを言い残して、姫様はどこか機嫌の良さそうな足取りで壁際まで下がる。

「えーっと……お、お待たせしました」

「謝ることじゃない。オレは特に気にしていない」

「大変助かります。ホント」

「…………オレはこういうことに疎いのだが、君たちは付き合っているのか?」

「ごほっ!?」

かなり真面目な顔をしてトンデモナイ爆弾をぶち込んできたなぁこの人!?

しかもめちゃくちゃ自然な流れで突っ込んできたので、思わずむせてしまった。

「いや、違いますよ!?　むしろ俺のような脆弱な人間が姫様のような素晴らしいお方とお付き合いだなんて……！」

「そうだったのか……すまない。ヘンなことを聞いてしまったな」

「というか、どうしてそんな突拍子もない考えに至ったんですか?」

「君たちの様子は、学院内でも時折見かけることはあった。それにこの屋敷に来てからの様子や、今のやり取りもそうだが……彼女は随分と君に心を預けている様子だった」

「そ、そうですか? 姫様とは生まれてからずっと一緒にいるので……そのせいかもしれません」

「そうか……てっきり恋人同士なのかと思ったが……すまなかった。ヘンなことを言ってしまって。やはりオレは、こういうことには疎いらしい」

「いえ……あ、謝っていただくようなことでもないので大丈夫です」

「そうか。それは、助かる」

調子狂うなぁ……。まさか模擬戦を優位に進めようという罠だったりするのだろうか。いや、それはないか。こんなところで策を弄《ろう》してどうするんだって感じだし。

「では……始めましょうか」

「そうだな……重ねて、感謝する」

「……? 俺たちとしては一応、鍵を回収するためにこういうことをしているのですが……むしろデレク様としては都合が悪いのでは?」

「そうだな。そうかもしれん。だが……君の言葉は、オレに響いた。だから、拳を交えたいと思った。その衝動とも呼べる感情に、抗うことが出来なかっただけだ」

「……光栄です。獣人界の王族。『権能』を持つ『島主』にそう言っていただけるとは」

「かしこまる必要はない。今、ここにいるオレはただの獣人だ。王族や『島主』といった立場など関係のない。……ただの、一人の戦士だ」

　言いながら、デレク様は構えをとる。拳を使った戦闘スタイル。その構えには一切の隙が無い。探そうにも綻び一つ見当たらない。雄々しさの中に美しさすら感じる。

　対する俺も拳を構える。目の前にいる一人の戦士に対して、失礼のないように。

「……良い構えだ。四天王が直々に鍛えただけのことはある」

「ありがとうございます。あの方々への賞賛は、俺にとって何よりも代えがたい栄光となります」

「フッ……そうか。ならば期待させてもらうが……気を付けてくれ。君がオレの思いを吐き出させてくれるというのなら」

　告げると同時に。デレク様に獣人としての、力強くも鋭い、研ぎ澄まされた刃のような眼光が宿る。迸《ほとばし》る威圧感。まるで空間全体が荒れ狂っているかのような。


「――――途中で、壊れてくれるなよ」


　荒々しく、力強く、雄々しく。

　何より――――目の前から迫りくる拳は、速かった。

「ッ！」

　詰められた距離。共に放たれるは、刃と錯覚するほどの鋭い拳。

　腕を盾にする。だがそれは真正面から受ける為ではない。弾き、受け流し、軌道を逸らすためだ。

　デレク様の拳が腕を掠《かす》める。イストール兄貴の拳に比べれば大したことはないが。それでも、重い。受け流したはずなのに掠っただけで僅かだが衝撃を感じた。

「………良いな。実に良い。まさかこうも容易く受け流されるとは思わなかった」

「そちらこそ見事な拳です。デレク様の重ねられた修練の一端が垣間見えました」

「フッ……そうか。ならば遠慮なくいこう」

繰り出される一撃。流れるような二撃目。間髪を容れずの三撃目。

その体格に似合わぬスピードには驚いた。パワーは言わずもがなといった感じだ。

まるでイストール兄貴だが――やはり、兄貴本人と比べればまだまだぬるい。俺がいつも受けていた拳の方がよほど重い。

「……っと。デレク様、どうですか。身体を動かしてみて何か思うところとか、ありますか」

俺が引き出したい言葉とはまた違うけど、まだこの模擬戦は始まったばかりだ。

「思うところがあるとしたら……君への驚愕の気持ちだな。まさかこうも容易く流される上に、気軽に話しかけてくるまでの余裕があるとはな。オレもまだまだ修練が足りないと気づかされた」

「そ、そうですか」

「それに……今のやり方では、君を相手にするには不足しているらしい」

ポツリと呟くと、デレク様は一度下がって距離を取ってきた。

「これはどうだ」

魔力を練り上げた震脚。解き放たれるは土の属性を有する魔法。

大地は隆起し、獣の爪へと形を成して襲い掛かってきた。

俺と姫様が学院に入学した日。治安部の部屋で戦ったオスカー先輩も土属性の魔法を使用していた。今発動されたのはアレと同じ『グランドビルド』という名の魔法だ。

段階的には中級に位置する魔法だが……さすがはデレク様。威力はもはや上級魔法にまで底上げされている。だが、俺は土のエレメントを司る四天王、アレド兄さんからの指導を受けている。

――いいですかリオン。土属性は何かを『造る』という行為を得意としている属性です。故にこの技術さえ学んでおけば、実践時に敵が土属性の魔法を使用してきた際には役に立つはずです。

アレド兄さんからの指導を思い出し、俺は迫りくる土の爪に対して拳をぶつける。接触の瞬間、素早く土の隙間に魔力を走らせ、土の爪を一気に分解する。

「様子見のつもりだったが……これは、驚いたな。まさかただの技術だけで、この魔法を突破するとは。とても学生とは思えん実力だ」

「指導者に恵まれていますから」

「それだけではない。君も、オレの想像を絶するほどの鍛錬を積んだのだろう。綻びのない流れるような動き。己に迫る魔法に対して臆することも一切なかった。……月並みの言葉しか出ないが……………素晴らしい」

だが、と。デレク様は、言葉を繋げて。

「なぜ、君はそこまでの高みに至ることが出来た？　魔界という、己の存在を拒むかのような環境で。なぜ、君はそこまでの努力を為すことが出来た。何が……君という存在を、衝き動かした？」

デレク様のその問いは、彼の心の中にある何かを引きずり出したものなのだろう。そういう意味では、俺は今この場で、彼の言葉を更に引き出すための何かを言うべきだ。

頭ではそう分かっている。分かっているが、彼への言葉を虚構で飾り立てることは出来なかった。

少なくとも今、この瞬間の彼は誠実だった。そんなデレク様に対して、耳障りが良いだけの、偽りの言葉をかけることなんて出来なかった。

何より迷いなく浮かんでしまった。

俺に愛情を注いでくれる四人。

そして――――いつも俺を振り回す困ったお方の、果てしないまでの魅力を持つ笑顔が。

これだけは偽りで飾ることが出来ない、俺の気持ちだ。

「追いかけたい方々がいたんです。傍に在り続けたい方がいたんです。だから俺は頑張れました」

「そうか…………やはり君は強いな。オレなんかよりも、ずっと」

どういう意味があっての言葉なのか、俺に知る由もなかった。

問いかける前に、彼は全身から凄まじいまでの魔力を爆発させていた。

「これ以上の様子見は君に対して失礼に当たると感じた。よってここからは、オレの全力を以て相手をさせてもらう。強者に対し、全身全霊の敬意を捧げて」

……感じる。この気配、姫様やノア様と同じだ。

獣人の王族が持つ『権能』。

宿す属性は、

「『野生』…………！」

「そうだ。我が一族に与えられし『権能』。『野生』の属性を以て、君の拳に応じよう」

言葉と共に、デレク様の全身を追う魔力が、『獣闘衣《オーラ》』と呼ばれるモノに変換されてゆく。あれが『野生』属性の権能。獣闘衣《オーラ》と呼ばれる、魔力とは異なる特別なエネルギーを全身に纏い、獣人としての身体能力を高める力。ノア様の持つ『団結』属性と性質としては類似している。目立つ弱点のない、常に安定した力を発揮できるゴリゴリの強化型の『権能』だ。

「…………いくぞ」

宣言と共に、デレク様は大地を蹴った。次の瞬間には既に目の前におり、拳を繰り出している。

「ッ…………！」

咄嗟に反応し、身を捻って躱す。今度は受け流す余裕などなかった。

「躱した、か。どうやら、君の強さに少しは届いたようだな」

「いやホント、嬉しいものですね……！　獣人界の王族にそこまで言っていただけるとは……！」

一度下がり、距離を取る。が、その傍から獣闘衣《オーラ》を纏ったデレク様が距離を詰めてくる。今度は俺が牽制をする番とばかりに、掌から魔力を固めて作り出した炎の弾を何発か打ち出す。

だが、デレク様は一切の避けるという動作を行わなかった。行うそぶりも見せない。

それも当然だ。俺が放った炎の魔法は、デレク様の纏う獣闘衣《オーラ》によって全て弾かれ、霧散した。

アレは獣人としての力を何者にも阻まれることなく発揮する為の鎧ということらしい。

「フッ…………！」

デレク様の放った拳。地面を蹴って後ろに飛ぶことでかろうじて回避には成功する。だが、修練場の床が爆発したかのように盛大に砕け、弾けた。

飛び散る破片を獣闘衣《オーラ》で蹴散らしながら、デレク様は追撃を仕掛けてくる。

放たれる拳の連撃。これ以上の回避は難しいと判断した俺は、何とか一発一発を出来る範囲で見切り、いなしていく。だがそれも不完全だ。何発かは腕で防御するものの、先ほどとは格段にパワーもスピードも強化されている。あまりの重さに反撃に転じる余裕がじわじわと削られていく。

（兄貴との特訓を思い出せ……！）

荒れ狂う獣のような連撃。その隙間を見切り、腕をぶつけ合う。

タイミングを合致させることで威力を相殺させ、さながら剣の鍔《つば》迫《ぜ》り合いのような態勢になんとか持っていくことが出来た。

「君には、幾度も驚かされるな。こうまで完璧にタイミングを合わせ、衝撃を殺してくるとは」

「こちらこそ驚きました。『野生』の『権能』……相手にしたのは初めてですが、凄まじい力です」

「嬉しいよ。君からの賛辞は。…………君は、アリシアから『権能』を授けられた『保有者《ホルダー》』なのだろう？　使わないのか。『支配』の力を」

「生憎と、俺の『権能』はこの状況……というか、デレク様のようなタイプ相手には役に立ちませんので。使いたくても使えないというのが本音です」

俺の持つ『権能』は『魔法の支配』。

デレク様の持つ獣闘衣《オーラ》は魔法の範疇《はんちゅう》には入らないので効果は望めない。

完全に相性が悪い相手だ。『支配』属性は、保有者《ホルダー》によって個別の能力が発現するという点はかなり特別かつ強力ではある。だが、言い換えれば保有者《ホルダー》によってどんな能力が発現するかは分からないということだ。今の俺のように、相手や状況によっては使うことが出来ない、なんて状況に陥ることもある。

そういった点では、『団結』属性にしても『野生』属性にしても、純粋な強化系の能力は単純だが、単純故に目立った弱点がなく安定した強さを常に発揮できる。俺が護衛として目指すべき強さはまさにコレだ。

「そうか。……………それは残念だ」

「遠慮することはありません。貴方の相手を務められるよう、尽力いたします」

まだ俺は、デレク様の内にある心を完全に引き出せてはいない。

むしろここからが踏ん張りどころといえる。

「ならば君の言葉通り……遠慮なくいかせてもらおう」

デレク様の全身から更なる獣闘衣《オーラ》が迸る。

俺の身体は強引に弾き飛ばされ、フワリと微かに宙を舞う。

「ッく…………！」

無理やり足を大地に着け、下がる身体を減速させる。だが、そんなことをしている間にデレク様は更に距離を詰めてきた。そのまま拳の連撃を放ち、俺は腕を防御に回す。が、あまりにも重い連撃にガードが緩んだ。

目の前の男は、それを見逃す愚鈍さは持ち合わせていない。

「ハァッ――――――！」

「ぐッ――――――！」

渾身の回し蹴り。咄嗟に腕のガードを固めるが、俺の身体はその衝撃を受け止めきれずに今度こそ派手に宙を舞う。このままされるがままに吹き飛ばされれば、確実に壁に叩きつけられるだろうという、その刹那に…………姫様と、目が合った。

いつもは堂々とされている姫様。だけど今、その表情は不安に揺れている。

お優しいあの方のことだ。俺なんかの身を心配してくれているのだろう。この模擬戦が始まる前は、あんなにも堂々としていたのに。……俺が、彼女にあんな表情をさせてしまったのだろう。護衛失格だ。護るべき主に、あんな心配そうな表情をさせてしまうとは。

……だというのに、姫様本人はまだ信じている。俺は負けないと。子供のように。純粋に。不安そうに揺れているけど、それでも信じてくれているんだ。

……っていうか、姫様分かってるのかな。これ、勝ち負けとかそういうものじゃないんだけど。俺がやらなければならないのは、この模擬戦を通してデレク様の心を引き出すことだ。

そんなことを忘れて、俺を本気で心配して。俺が勝つと信じていて。目的を見失ってませんかね。何やってんだか。……ああ、でも。そうだ。そうだな。俺は、あなたのそういうところが、たまらなく愛おしい。

「本当に勘弁してくださいよ姫様。……意地でも、なんとかしたくなるじゃないですか……………！」

己の身体を叱咤する。己の心に叫ぶ。

歯を食いしばり、力を絞り出す。

たとえ『権能』が通用しなくとも。たとえ目的とはズレているとしても。……今この瞬間、俺はもっと頑張ってみたい。姫様に安心して見ていてほしい。いつもみたいに何の不安もなく、堂々としていてほしい。

心の中で、焔が灯る。繋がりを秘めた、力強い焔。

ソレを。心の中に在る焔を、爆発させる――――！

「ッ――――！」

衝撃のまま、俺の身体は壁に激突する。頑丈であると明言されていた壁は砕け散り、瓦礫《がれき》の山となった。だが――――俺の身体に、痛みはない。

「これ、は………？」

――――いつの間にか、俺の全身からは焔が溢れていた。

この全身を覆う焔が衝撃から護ってくれたのだ。

俺はこんな魔法を発動させた覚えはない。それどころかこれは、この焔には覚えがある。

この焔は、

「イストール兄貴？　それに……ネモイ姉さん……？」

俺が幾度も目にした、魔王軍四天王の力。

火のエレメントを司る、イストール兄貴。

風のエレメントを司る、ネモイ姉さん。

兄貴の『火』と姉さんの『風』が混ざり合っている。風によって増幅された、強力な『焔』。

どういうわけかは分からないが俺は今、どこからか流れ込んできた兄貴と姉さんの力の欠片のようなものを『支配』し、繋げ、『焔』を生み出して全身に纏っているのだ。

「それが君の『権能』か？」

「いや……すみません。俺の『権能』の力は感じるんですけど、正直何が起こっているのか、自分でもよく分からなくて……ああ、でも」

拳を握る。焔が滾り、燃え盛る。

「これなら、貴方の全力にきちんと応えることが出来そうです」

「………そうか。それは、嬉しいな」

「俺もです。こんな状態で恐縮ですが、続きを始めましょう」

拳を構える。イストール兄貴とネモイ姉さんの持つ、力強い焔を纏いながら。

「貴方の心を、聞かせてください」

俺の言葉に、デレク様はオーラを滾らせる。その表情は獰猛《どうもう》さすら感じさせる、笑み。

「血沸き肉躍るとは、こういうことか。……フッ。改めて君には、敬意を表そう。君と拳を交えられる今この時を……オレは、誇りに思う」

☆

リオンの身体を覆う真紅の焔。

あの力強い焔には、アリシアにも覚えがあった。

「イストールの焔。……いいえ。ネモイの風と混ぜ合わせて、より強力な『焔』を生み出している。でも、一体どういうこと……?」

王族は己が授けた『権能』の気配を感じ取ることが出来る。リオンから感じる気配からして、アレがリオンに与えた『魔法支配の権能』であることは間違いない。だが、それ以上のことはアリシアには分からない。別の何かが混じっているような、妙な気配がしていることは確かだ。

「アリシア様。リオン様の『権能』はあのような力まで有していたのですか?」

「いいえ。そんなはずないわ。わたしが知る限り、リオンの持つ『権能』は魔法の支配だったはず。だけどアレは……まるで、イストールとネモイの『権能』を『支配』しているみたい」

無論、本人の力を直接支配しているわけではないのだろう。リオンに宿っているアレは、見たところ力の欠片のようなものだ。当然オリジナルには及ばない。だが、欠片同士を組み合わせ、繋げることで獣闘衣《オーラ》に対抗できるだけの『焔』を生み出しているのだ。しかし、それ以上のことはアリシアにも分からなかった。

「………やはり」

ポツリと、ノアが零した言葉。それは本人も言葉として口に出そうと、意図したものではなかったのだろう。すぐに何かをしまい込んだかのように沈黙する。だがそれでも、彼の瞳には不思議な色が浮かんでいる。……アリシアには、それがどこか喜んでいるようにも見えた。

「………ノア。貴方、何か知っているの？」

「そう怖い顔をして聞かないでください。魔界の姫よ」

「とぼけないで。明らかに何か知ってますって顔してるわよ、貴方」

「私も、今は心中穏やかではありません。彼が纏う美しい焔のように熱く、燃え盛っている」

それ以上のことは語る気はないらしい。彼は口を閉じ、沈黙を選んだ。

☆

全身を覆う真紅の焔。俺が普段使っている火属性の魔法とはレベルが違う。

デレク様が纏う『野生』の獣闘衣《オーラ》にすら対抗できるほどのパワーを持った焔。

魔王軍四天王。イストール兄貴とネモイ姉さん。

これは彼の『火を支配する権能』を、『風を支配する権能』が増幅・強化したことで生み出された焔だ。それがどういうわけか、俺の身体から放出されている。

詳しい理由は定かではない。分かっているのは、どういうわけか俺の持つ『魔法を支配する権能』が発動状態にあること。加えて、その『権能』に微かな違和感を抱いていることだ。まるで別の何かが混ざっているような……そもそも俺の『権能』は魔法を支配するものであって『権能』を支配できるものではないのに。

いや、今はそこを気にしている場合じゃない。俺がやるべきことは決まっているのだから。

「………では、いくぞ!」

獣闘衣《オーラ》を纏うデレク様が突っ込んでくる。堂々と、真正面から。

迫りくる拳に対し、俺もまた焔を纏った拳を合わせる。

激突と同時に、空間が鳴動する。

「いける………!」

パワー負けはしていない。むしろ僅かに押し出している。

「そうでなくてはな!」

嬉々とした表情でラッシュを叩きつけてくる。俺は敢えて回避を選ばず、拳を以て応じる。獣のオーラと焔が激突し、魔力の爆発が巻き起こる。爆《は》ぜては荒れ狂う嵐の最中、俺たちはひたすら拳を打ち合っていた。

デレク様が大変嬉しそうにしているので、こちらとしても頑張っているかいがあるというものだが……いや、まずいな。この焔、確かに凄まじいまでの出力《パワー》があるものの、魔力消費がかなり激しい。元々、魔力量に恵まれなかった俺にはそう長く扱える代物じゃない。継続して使い続けるのはせいぜい五分が限界だ。その前に何としても、デレク様から本心を引き出さなくては。

「楽しそうですね。デレク様」

「ああ、楽しい。楽しいともッ！　礼を言おう、リオン君。この高揚感……開放感！　長らく感じていなかったものだ！」

嬉々とした表情で更なる追撃を仕掛けてくる。当然、受ける。

拳には拳で。蹴りには蹴りで。

この強大な力への戸惑いは、とうに失せていた。むしろ安心すら出来る。

当然だ。俺を育ててくださったあの方々の力ならば――――何を恐れる必要がある？

「ッおおおおおおおっ！」

この戦いに入って初めて。

俺は自ら前に踏み込み、攻めに転じた。デレク様は歓喜し、心躍るとでも言わんばかりに吼《ほ》える。

焔を滾らせ、互いの拳を激突させる。

力と力がぶつかり合う。だが俺は、強引に殴り切り、デレク様の身体を吹き飛ばした。

「がッ…………くッ………！」

衝撃を殺しきれず壁に叩きつけられ、ぐらりと体勢を崩すデレク様。

呼吸を整えつつ……俺は、静かに口を開いた。

「拳を交え……少しずつ、分かってきました。貴方のことが」

「ッ……ほう……？」

「貴方はこれまで縛られていた。抑圧されていた。……それは、たぶん…………心の底から和解を望んでいない、大人たちじゃないですか？」

「…………！」

考えてしまえば、とても簡単なことだった。

俺たちはまだ子供だ。その上には当然、大人という存在がいる。デレク様が身動きがとれないとすれば、きっとそのしがらみだ。

「……参ったな。本当に、拳を交えるだけで見えてくるものがあるとは」

「でしょう？　意外と効くんですよ、コレ」

「……だな」

デレク様は肩から力を抜き、獣闘衣《オーラ》を解除する。同時に俺も、全身の焔を解除した。

「元々、獣人族と妖精族は和解を経ても互いの間に溝があった。オレの親父もそれを引きずっていてな。今もオレによく言っているよ。『妖精族には気をつけろ』『完全には心を許すな』とな。勿論、こんなことを表立って発言してはいないが……」

そう語るデレク様は、悲し気に目を伏せる。

「実は幼少の頃、この『楽園島』に連れてこられたことがあってな。……ローラと知り合ったのもその時だ。彼女とはすぐに仲良くなったよ。親父たちに隠れてこっそりと遊んだりして……オレたちは真の和解を成そうと約束もしていた」

既に手の届かぬ昔の思い出に思いを馳せるかのように、穏やかに微笑むデレク様。だが、彼の表情にはすぐに陰りがさした。

「オレたちは王族として……『権能』を持つ者として、当然魔法の扱いは厳しく鍛錬を受けていた。鍛錬について話し合ったり、お互いの鍛錬方法を試してみたりしてな。お互いの良いところは取り入れようと、彼女ははりきっていた。親父たちからは禁じられていたが、それでもオレたちはやめなかった。…………それがいけなかったんだろうな」

一瞬の沈黙。それでもデレク様は、声を振り絞ってくれた。

「事故が起きたんだ。あの日、オレたちは二人の魔力を組み合わせることで、新しい魔法を生み出そうという試みを行っていた。いつか、獣人族と妖精族が真に分かり合えるようにと。だが、オレは魔力の制御を誤り、術式を暴走させてしまった。結果、魔法が暴発し……ローラは重傷を負った」

それは、きっと俺なんかじゃ知ることが出来ないほどの絶望とも呼ぶべきモノだっただろう。計り知れない後悔と苦しみ。俺には知る由もない。

「そのことがきっかけで、獣人族と妖精族の水面下での溝はより深まってしまった。オレたちは引き離され、ここの学生として新たな『島主』としてこの島を訪れるまで会うこともなかった。当然だ。オレが今更、どの面下げて和解を望める？　何より……周囲がそれを許さない」

身動きが取れなくなっていたんだ。和解の意思はあったとしても、己を許すことが出来ない。

「皆が望んでいるのは妖精族と相対するリーダーとしてのオレだ。それ以外の……和解を望むオレの姿など、誰も望んでいない。オレが生きてきた世界が、それを許さない」

俺の考えは半分当たっていて、半分が外れていた。

デレク様は己を許せない。そして、彼を取り巻く世界が和解を許さない。

その二つに挟まれて、デレク様は何も身動きが取れなくなっていたのだ。

だからあんなにも息苦しそうにしていたのか。

「ははっ。こうも自分の気持ちを吐き出したのは、本当にいつぶりだ。だが……良いものだな。ありがとう、君たちには感謝している。……だが、すまない。やはりオレは――――」

「――――それ、本気で言っているの？」

どこか諦めの陰がさすデレク様の言葉を、姫様が遮った。

「黙って聞いてたら……さっきからなにソレ。勝手に決めつけて、勝手に諦めているだけじゃない」

「アリシア・アークライト……」

「ひ、姫様……？」

不満げであることを隠すことなく表情に出している姫様が、つかつかと歩み寄ってきた。

「デレク。貴方がローラと一緒に真の和解を成そうとしていたって聞いた時……わたし、貴方のことを……貴方たちのことを、凄いって思ったわ。ちょっとだけどね」

わざわざ「ちょっと」なんて付け足すあたりが姫様らしい。

素直に凄いと認めるのはそれこそ「ちょっと」恥ずかしいものがあるのだろう。

「貴方が失敗したことは確かにショックだったかもしれない。わたしも、自分の失敗で大切な人を傷つけてしまったらと思うと……怖いわ。とても」

姫様は俺の方に視線を移し、己の言葉を噛み締めるように目を伏せた。

「その気持ちは少しだけどわかる。でもね、皆が望んでいるのは妖精族と相対するリーダーとしての貴方ですって？　それだけは納得できないし、それを理由に諦めた貴方にも納得できないわ」

「納得、できない……？」

「まだ分からないの？　ねぇ、デレク。妖精族と敵対するリーダーとしての貴方を皆が望んでいると言ったけれど。それがどうして諦める理由になるのかしら？」

姫様の言葉に対してデレク様は思うところがあったらしい。

呆気にとられたような表情をして、ただ姫様の目を見つめている。

「貴方、言ったわよね。わたしの自由さが羨ましいって。だったら貴方も、多少なりとも自由になればいいじゃない。そんな窮屈そうな、息苦しそうな顔をしてないで。ローラと一緒にまたやり直せばいいじゃない」

「しかし……皆は、賛同してくれないだろう。それだけ妖精族との溝は深い。ましてやそう願うオレの姿など、望んではいないはずだ」

「だから何？」

デレク様の言葉に、姫様は間髪を容れずに言い返す。

「仮に貴方の願いをその『皆』とやらが否定したとしても、そんなの笑い飛ばしてやりなさい。これが自分の願いだって。これが自分の心だって。……その上で喧嘩になったのなら、存分に喧嘩して、どんな手段を使ってでも、自分の心を叩きつけてねじ込んでやりなさい。少なくとも、わたしはこれまでそうしてきたわよ」

「しかし……オレたちは王族だ。勝手は許されない。民あっての王族である以上、オレたちは民のために動くべきだ」

「そうね。――――でも、貴方がローラと一緒に真の和解を成そうとしていたのも、民のためだったんじゃないの？」

「――――っ」

会心の一撃、と言ったところか。

姫様のカウンターが綺麗に決まった。

「第一、考えてもみなさいよ。民の上に立つ王族が息苦しそうに、窮屈そうにしていてどうするの？　そんな顔してると、民まで不安になっちゃうじゃない。だからこそわたしたちは堂々としてなきゃいけないの。胸を張って、大丈夫だって。安心して、日々を生きてもらうためにね。貴方の場合、たまにワガママを言うぐらいが丁度いいんじゃない？」

「姫様の場合は、もう少し大人しくしていただけるとありがたいんですけどねぇ」

「あら。リオンはそういうわたしの方が好きなの？」

普段はもう少し大人しくしてくださいと言っているが、いざ大人しくしている姫様を想像すると――――なんだろう。ちょっと物足りなさのようなものを感じてしまう自分がいる。姫様に振り回されるのが楽しいと思っている俺もいる。

「で、ですがまあ、デレク様。姫様の言う通り、貴方はもう少し自分の本心を皆にぶつけてみるのもいいかもしれませんね。……俺が口を挟むようなことではないとは思うのですが」

「あ、ごまかした」

ここはノーコメントを貫き通させてもらおう。

「…………そうか。オレは、自分で自分を閉じ込め過ぎていたのかもしれないな」

ポツリと。デレク様は、何かを振り絞るかのような呟きを漏らした。だが、その表情には憑き物が落ちたような顔をしていて。

きっともう大丈夫だと、俺たちは自然と確信した。

「…………ありがとう。心からの感謝を、君たちに贈ろう」

そう言って、デレク様が懐から取り出したのは獅子の意匠が施された金色の鍵。

俺たちの目的。『四葉の塔』を解放する為に必要な、鍵の一つだ。

「君たちにこれを託す。だが……和解の件に関しては、まだ考えさせてくれないか」

「構わないわ。貴方にも次の一歩を踏み出すために心の整理が必要だろうし。……まあ、期待はしておくけどね？」

「フッ……その期待に応えられるかは分からないが、な」

「応えてくれるわよ。きっと」

どこか確信めいた表情で、姫様はデレク様から金色の鍵を受け取った。

きっと姫様には見えているのだろう。デレク様が覚悟を抱えて、己の道を歩み始める姿が。

「確かに魔王様にワガママをいう時は、よく大喧嘩して勝ちをもぎ取ってきてましたねぇ。この前も何やら魔王様と凄い言い合いをされていて……あれ、一体何のことで喧嘩してたんですか？」

「………………………リオンには、教えてあげないわ」

「えっ、俺にだけ!?」

ぷいっと顔を逸らしてきた姫様。地味にショックだなこれ……!?

「ひ、姫様？　それだとやっぱ、逆に気になってくるんですが……？」

「だめ。リオンにはまだ教えてあげないわ」

俺にはどうあっても教えてくれる気はないらしい。

姫様の意志は堅く、聞きだせそうにない。

☆

ひとまず俺とデレク様の殴り合いという名の語り合いを終え、俺たちは修練場を後にした。「オレが送っていこう。また何かトラブルが起きた時、対処が出来るからな」というデレク様のお言葉に甘えてぞろぞろと屋敷の外に出る。道中、姫様がひれ伏させた獣人たちは既に回収されているらしく、周囲には生い茂る荒々しい自然があるのみだ。

「お見事でしたよ、リオン君、アリシア姫。とても素晴らしい働きでした。この短期間で鍵を一つ集められるとは……やはり、君たちに応援を頼んで良かった。特にリオン君。君にはとても驚かされましたよ」

「ど、どうも……っていうか、どちらかというと姫様が色々と話を進めてくださったりしてましたし、最後の最後も姫様がいたからこそですが」

「リオン。あなたのそういう謙虚なところも素敵だと思うけど、ちょっとは自分を誇りなさい」

護衛としては謙虚であることはそんなに悪いことじゃない気がするんだけどなぁ……。いや、でも、姫様に仕える者としては素直にこの功績を受け入れた方が良いのか?

……などと考えていると、不意に俺の身体が誰かに抱きしめられた。

また姫様かと思ったが違う。俺はいつの間にかノア様の腕の中にいた。

「よく頑張りましたね。……………君は、これまで本当によく頑張ってきました」

「…………いや、あの。ノア様?　急にどうしたんですか?」

「治安部長として後輩を労っているだけですとも」

…………治安部ではこの労い方が普通なのだろうか?　いや、でもこれ女の子にやったら色々と不味いのでは?

「ノア。貴方、一体何をしているのかしらっ!?」

言うや否や、姫様はノア様から俺を引っぺがし、今度は取られないようにするとでも言わんばかりに抱きしめてきた。ノア様と違い女性特有の柔らかさとでもよぶべき感触が凄まじい暴力として襲ってくる。が、姫様はそんなことは気にしていないとばかりに全力警戒状態のままノア様を睨みつけている。

「リオンはわたしのだって、何度も言っているでしょう?」

「これは失礼しました、アリシア姫。わたしとしてはただ労いの気持ちを身体で表現したかったというだけなのですがね?」

「それはホントみたいだけど、全部じゃないでしょう?」

「さて。一体何のことやら」

はぐらかすようなニコニコ笑顔のノア様と、警戒心の塊のような状態になっている姫様。お互いの間にバチバチとした火花のようなものが見えるが気のせいだろうか。………ていうか、あの。とりあえず俺を離してくれませんかね。

「リオン。あとでわたしの部屋に来なさい。ノアなんかに負けないぐらい、たくさんたくさん、たーっくさん、労いの気持ちを身体で表現してあげる」

「えーっと……それは色々と誤解を生みかねない発言なので訂正していただけると助かります」

俺の言葉に不満げな表情をなさる姫様。が、何かを思い出したらしい。こそっと俺の耳元に顔を寄せてきて、

「そういえば……ご褒美の件はどうするつもり？」

「……べ、別に俺が勝ったわけじゃないので。無効。無効でお願いします」

「でも負けてもいなかったわよね？　むしろ最後はあなたが押し勝ってたし……だから、ね？」

いや、「ね？」じゃなくて。でもこの調子じゃ姫様も引き下がらないだろうが、かといってここを乗り切る妙案が浮かばない。

「か、考えておきます……」

「ふふっ。楽しみにしておくわ」

何とかこの局面を乗り切った。……だけど同時に爆弾を抱えてしまった気がしないでもないが、今は考えるのはやめておこう。

誤魔化すための意味も含めて周囲に視線を向けてみると、近くではデレク様と……なぜかマリアの二人が並んで歩いている。どうやら何か会話をしているらしい。耳を傾けてみると、

「………君は、妖精族なんだな」

「はい。ここに来る道中、私がいたせいで無用なトラブルを招いてしまいました。姫様が何とかしてくださりましたが、あの方たちには悪いことをしてしまいましたね。私がいなければ、あのような強引な行動に出ることはなかったかもしれません」

「いや、君は悪くない。気にしなくていい。むしろ悪いのはオレだ。オレが半端であるばかりに、彼らには無用な気遣いをさせ、君を危険な目にあわせてしまった。本来このようなことなど……妖精族だからという理由で襲うことなどあってはならない。彼らの上に立つ者として、あらためて謝罪させてくれ」

「必要ありませんよ。貴方はこれから、変わるのでしょう？　だったらそれで充分です。……貴方とは違う意味ですが、わたしも自由とは言えない身ではありましたから」

「…………今は、違うのか？」

「そうですね。違います。姫様に解放していただけたので……良いものですよ。己の心のままに生きるというものは」

　マリアは笑いながら、姫様にやたらと熱のこもった視線を向け始めた。俺からすれば「アリシア様に踏んで欲しい……ハァハァ」と考えているようにしか見えないのだが、傍からすれば笑みを浮かべているだけに見えるようだ。

　デレク様は何かに射貫かれたような、まるで大きな衝撃を受けたようにマリアを見つめたまま、

「……………………可憐だ」

　何やら盛大な勘違いをしている感のある一言を漏らした。

　早く気付いてほしい。貴方が可憐と評している人物が、いかに危険な変態であるのかを。

「デ、デレク様?」

「ん? あ、いや。何でもないぞ。ああ」

今日一番の動揺を見せているデレク様。……一体、彼の中に何があったのか。

「アリシア・アークライト。……君たちは、次にローラのもとへ行くのだろう?」

「ええ。残りはローラの持つ銀の鍵だけだし」

「そうか……だったら、その時は菓子でも持っていくといい。彼女は甘い物が好物だからな」

「ありがとう。覚えておくわ。貴方も、心の整理がきちんとつくといいわね」

「そうだな……君たちがくれたこのチャンスを無駄にしないように――」

「――待って」

最初に気づいたのは、姫様だった。続いて俺が、その次に他の方々が。

ちょうど俺たちの前方にある空間の一部が歪曲している。次の瞬間にはバチバチという魔力のスパークが奔《はし》り、空間の一部が割れていく。

そして――ソレは、俺たちの前に現れた。

刃や魔法を受けても傷一つつかない漆黒の鱗。見る者に畏怖を与える紅蓮の瞳。羽ばたき一つで竜巻すら起こすと言われる雄大なる翼。

かつて巻き起こった戦争において、数多《あまた》の戦士たちを蹂躙した……邪竜と称される、最悪の怪物。

「邪竜、だと!? バカな、ありえん! 奴らはかつての戦争で滅びたはずでは……!?」

デレク様の叫びはこの場にいた皆の頭に過《よぎ》ったことだ。

邪竜は戦争時においてその全てが討ち取られたはずだ。ましてや結界が張り巡らされたこの『楽園島』に、急に現れることなど本来はありえない。

「皆さま、邪竜の上に何者かが乗っております！」

マリアの言葉に、全員の視線が邪竜の上に集まる。

そこで見えたのは銀色に揺れる長い髪。長い、尖った耳。

妖精族側の『島主』、

「ローラ・スウィフト様……!?」

俺と姫様がこの島に訪れたばかりの頃、デレク様と相対しているところを俺と姫様は目撃した。

邪竜の上に佇んでいる彼女の姿は、あの時に見たローラ様そのものだ。見間違いなんかではない。

「ローラ、なぜ君が邪竜と共にいる!?　答えろ！」

「答える義理がありまして？　貴方は獣人。ワタクシの敵。……薄汚い獣に送る言の葉など、持ち合わせてはいませんの。貴方にはその身を刻む刃こそが相応しいですわ！」

ローラ様は不敵な笑みを浮かべ、魔法で構築した風の刃を躊躇いなく射出する。

苦い顔をしながら、デレク様は拳を構え――――

「――――ひれ伏しなさい」

紡がれた言葉に従うように、風の刃が軌道を変える。

魔法にすら干渉する重力によって、ローラ様の放った風の刃は地面に叩きつけられ、砕け散って消滅した。姫様の持つ権能。『空間支配』が発動した。

「あら、魔界の姫君ではありませんか。なんですの？　もしかして、貴方は薄汚い獣と手を組んだのですか？　であるなら、貴方はワタクシ……否、妖精族の敵でしてよ？」

「…………ねぇ。一つ聞きたいことがあるんだけど」

姫様はその宝石のように美しい真紅の瞳を以て、ローラ様の顔を捉える。

「さっきからローラを騙《かた》っている貴方は一体、どこの誰なのかしら？」

第八話　お姫様たちは己の使命を果たしたい

姫様の放ったその一言に、デレク様たちは驚きの表情を露わにしている。だがそれは邪竜の上に佇むローラ様（と思われる者）も同じのようで、一瞬の硬直を見せた。

それは明確な隙であり、俺の身体は反射的に動く。デレク様との戦いを思い出し、拳に火と風を混ぜ合わせて生まれた『焔』を纏い、右手に集約させる。

仮に目の前にいるのが本物のローラ様だった場合だろうと、邪竜というかつての戦争で大いなる破壊を齎した存在を引き連れているとなると、多少強引な手段を取られても文句は言えない。邪竜は今でも明確な最上級危険魔法生物に認定されている。もし相手が本物のローラ様であったとしても、その時は俺一人の命をなげうってでも責任を取ればいい。

「…………そこだ！」

右腕を突き出し、焔の奔流を解き放つ。紅蓮の閃光は隙を見せたローラ様へと真っすぐに突き進み──、

「くッ……!?」

咄嗟に反応してみせたらしいローラ様は、俺が放った焔の閃光を、上半身を捻って躱す。焔は僅かに彼女の身体を掠めたのみだった。

「外した……！」

「いいえ。上出来よ、リオン」

姫様の言葉の意味が、邪竜の上に佇むローラ様に表れる。

彼女の表面がドロリと溶け出している。上に被っていた皮か何かが、溶けだしたかのように。

「文字通り、化けの皮が剝がれたってところかしら」

「………どうやって見破った？」

ローラ様の身体は完全に融け、中から現れたのは、研ぎ澄まされた刃のような表情を持つ、黒いマントを纏った男だ。好奇心を示しながらも警戒を怠らぬ鋭い目つきは、これまで幾多の修羅場を潜《くぐ》り抜けてきたことが窺える。いつの間にか体格も変わっているところを見るに、魔法で姿を変えていたのだろうが、その魔法はこれまで見破られたことなどほぼなかったのだろう。だからこそ姫様の指摘に隙を見せてしまった。

「貴方を見破った理由は全部で二つ。一つ、貴方からは全くといっていいほど『権能』の気配を感じなかったこと」

「もう一つは？」

「勘よ」

「は……？」

姫様がスパッと言い放った一言に、黒いマントを身に着けた男は言葉を失った。

ノア様やデレク様は苦笑いしている。

「チグハグな印象を受けたのよね、貴方。見た目は妖精族なのに、魔力の波長が人間っぽい感じがして。魔道具《マジックアイテム》で正確に計測したわけじゃないから、勘になっちゃったけど」

「なるほど。……まったく、迂闊に『権能』の保有者に化けるべきではなかったか。いや、それより誤算だったのはこの型破りなお姫様の存在か？　いずれにしても、俺には油断と驕《おご》りがあり、運が無かったということか」

言葉とは裏腹に男は不気味ながらも笑みを漏らす。正体を見破られたばかりだというのに、彼には余裕というものが未だ健在していた。

「まァ、いい。ならばこのまま、要件を済ませていくとしよう」

黒マントの男に促されるように、邪竜が咆哮《ほうこう》をあげる。

周囲に放たれる魔力の波動。その圧力はまさに暴風にも等しく、その場に踏ん張るだけでも体力を削られていく。これがかつての戦争で猛威を振るった怪物の力か。

「姫様、お下がりください。ここは俺が」

「いいえ。それは違うわ、リオン」

言葉と共に、空間支配によって発動した重力が解き放たれる。邪竜の身体は大きく地にひれ伏し、その動きを硬直させた。そこに一つの影が迫る。腰から剣を引き抜き、全身に魔力を纏いながら邪竜に接近。一瞬見惚れてしまいそうになるほどの鮮やかさで、洗練された太刀筋が漆黒の鱗に炸裂し、斬り裂いた。

「むしろここは、我らが為さねばならぬ場面といえるでしょう」

姫様と共に並び立つように着地したのは、『団結』の権能を発動させたノア様。

全身から権能によって強化された魔力が迸っている。デレク様の獣闘衣《オーラ》にも匹敵する力は圧巻の一言だ。あれを涼し気な顔で操っているのだから、相当な鍛錬を積んだに違いない。

「邪神と邪竜。この二つの脅威に対抗するために、我ら王族は『権能』を授かった。今この時代に、再び邪竜が現れたのならば……我らが立ち上がり、討伐する。それが王族としての使命だ」

立ち上がり、デレク様は獣闘衣《オーラ》を纏う。

「貴方、リオンとの戦いで消耗してるんじゃないの？」

「己だけただ指を咥《くわ》えて見ているわけにはいかんからな」

突発的に現れた邪竜に対し、三人とも驚き自体はあったようだが物怖じは一切していない。それこそ堂々と立ち向かおうとしている。いつでもこのような事態が起きてもいいような心構えを常日頃からされている証拠だ。

「……この歳で既にあそこまでの覚悟をされているとは。アリシア様には幾度も驚かされますね」

「伊達にこれからの世界を担う宿命を背負ってはいないってことだろうな。マリアが驚く気持ちも、少しは分かるよ。特に姫様は普段あんなだしな」

「ちょっとリオン。それはどういう意味かしら？」

「いや、別に他意はありませんよ。姫様は立派だなぁと。それだけです、ホント」

苦笑しつつも、俺は全身に『焔』を纏う。邪竜相手に出し惜しみはなしだ。消耗は激しいが、周囲への被害を抑えるためにも一気に決着をつけなければならない。

「マリア。お前は行けるか？」

「……ええ。当然です。今の私は、アリシア様に仕えているので。それに…………なぜでしょうか。あの男を見ていると、頭がズキズキと痛むのです。不愉快とさえ思うほどに」

「それはどういう……いや、待て」

よく見てみると、邪竜の上に佇んでいたはずの黒マントの姿がない。

姫様の重力魔法から逃れた。……違う。重力魔法で抑えつけられる前にどこかへと脱出していたのか。だとすれば、奴は一体どこに消えた？

「リオン！」

具体的な内容の無い、ただ俺の名を呼ぶだけの指示とも呼べない指示。

だが、彼女の視線や声から伝わってくる緊迫感。あとは姫様の言葉を借りるなら『勘』で指示の内容を察する。

拳に『焔』を纏い、俺は躊躇いなく――――、

「ッ！　リオン様……!?」

マリアに向けて、その拳を振るう。

姫様に対する信頼のもと放たれた焔纏う拳は、驚愕するマリアに当たることはなかった。

彼女の身体は突如としてその場から消失したからだ。

これは姫様が使用された転移魔法によるもの。マリアの身体を俺の目の前から転移させたのだ。

「ッ!?」

不意を衝かれたような声を漏らしているのは、黒マントの男だ。彼はいつの間にかマリアの背後に回り込んでおり、おそらく彼女の首を狙ったであろう軌道で刃を振るっていた。だが当然、姫様の短距離転移魔法によって姿を消したマリアにその刃が当たることはなく、ただ空を切るのみ。

位置的には丁度、俺が放つ拳の軌道上に現れてくれたことになる。

「チィッ！」

相手からすれば、俺が予見していたかのような一撃。だがこれはいち早く敵の狙いに気づいた姫様が咄嗟に作り出した状況。

俺の放った焔纏う拳に対し、黒マントの男は腕を防御に回した。焔が腕を焼き焦がし、俺は力の限り腕ごと黒マントの男を殴り飛ばす。

「ぐッ――――!?」

確かな手ごたえと共に、黒マントの男が地面に叩きつけられ転がってゆく。

咄嗟にガードされたので完全なヒットとは言えないが、ある程度のダメージは入ったはずだ。

いやそれにしても、咄嗟のこととはいえ姫様も無茶なことをさせてくるなぁ……本当にマリアに当たりかけたら寸止めしてたけど。

その姫様はというと、咄嗟に転移させたであろうマリアを抱きかかえている。もっと言えば、お姫様抱っこしている。お姫様がお姫様抱っこをする方になるのは初めて見たぞ。

「ごめんなさいね、マリア。咄嗟のこととはいえ、貴方に怖い思いをさせてしまったわ」

「あ、アリシアしゃまぁ………」

マリアは抱きかかえられたまま、見惚れたように姫様に熱い視線を送っている。

また何か拗らせなければ良いのだが……。いや、もう既に拗らせてるけど。

「――――なるほど。この邪竜は囮だったということですか」

重い肉塊が落ちた音と共に、ノア様が剣を軽く払って血を飛ばす。

彼の背後には、首を斬り落とされ屍と化した邪竜の姿があった。身体には切断痕と、拳で幾度も

殴り飛ばされたような跡も残っている。

「…………貴様の狙いはマリアさんだった、と。そういうことか？」

獣闘衣《オーラ》を纏うデレク様は、俺との戦いでの消耗をまるで感じさせない気迫を放っている。俺は生まれ持った魔力が少ないから、デレク様のようなスタミナのある方を見るとつい羨ましくなってしまうな。

「ほぅ……邪竜を意にも介さぬか。流石は王族といったところか」

「これが本物の邪竜だったのなら、その誉め言葉も素直に受け取れたのですがね。……むしろ、私たちも舐められたものです。このような偽物如きで斃《たお》せると思われていたとは」

ですが、と。ノア様は剣の切っ先を黒マントの男に向ける。

「この邪竜。偽物とはいえ性質そのものは邪竜といって良い代物です。出来の良い贋作《がんさく》とも言える。……気になるのは、一体何処の誰がこれを製造したのかです」

「…………生憎と、守秘義務に反するのでな。ソレの始末にもしくじった以上、この場にも用はない。今日のところは退かせてもらおう」

「あら。わたしたちが、貴方を逃がすと思ってるの？」

「結果的にはそうなる」

有無を言わさない重力操作が黒マントの男を襲う。だが、黒マントの男はそれよりも一瞬早く懐から小瓶のようなものを取り出すと、そのまま地面に叩きつけた。中から禍々しい光が飛び散ったかと思うと、邪竜を伴ってこの場に現れた時と同様に空間に亀裂が入り、砕ける。黒マントの男はその中に滑り込むと、姿を消してしまった。

「今のは……空間転移ですか。アリシア姫、追跡は出来ますか？」

「………いや、無理ね。痕跡があまりにも歪み過ぎて追えないわ」

ひとまずの脅威は去った。しかし、何かが解決したわけではない。むしろ新しい脅威が現れたことによって、俺たち全員の心の中に、暗澹《あんたん》とした靄のような気持ちだけが残った。

☆

楽園島魔法学院の教師たちの大半は、自らこの学院で教鞭をとることを志した者たちだ。

だが治安部の顧問を務めている教師、ナイジェル・タルボットに関してはその限りではない。彼はこの学院の教師に個別に与えられる専用の研究室という『特典』目当てに教職に就いたと言ってもいい。故に彼にとって教師職というものは研究の時間の妨げとなるモノなのだが、それでも高額な機材が揃い、使い放題となる『研究室』のためにと我慢している。

何しろ一日中普通の設備で研究に没頭するよりも、教師業との掛け持ちをしながらでも、『楽園島』特有の技術で構築された専用の機材を使用する方が遥かに研究は進む。そうでなくてはナイジェルはとっくにこのような学院の教師など辞めている。

彼は授業《ノルマ》を終えると足早に研究室に向かうのが常なのだが、その日は同僚と呼べる教師に呼び止められた。確か彼は、ナイジェルと同じように研究設備が目的でこの学院の教師になった者だ。ナイジェルからすればいわば同類である。そのよしみでナイジェルは立ち止まってやった。

「ナイジェル先生。これをどうぞ」

手渡されたのは、小洒落《こじゃれ》たラッピングの施された菓子だ。

「これは?」

「生徒からの贈り物だそうです。なんでも、料理部の生徒たちが日頃の感謝を込めて私たちのために作ってくれたそうですよ。こういうのを貰うと、教師冥利に尽きますよねぇ。最初は研究機材が目的でこの学院の教師になったのですが……ははは。今では教員生活も悪くないと思っている自分がいますよ」

「……そうですか。では、私は研究がありますので」

そのままナイジェルは、自分に与えられている研究室に戻る。

実験器具や開発した魔道具に囲まれた、無機質な空間だ。娯楽や緩みといったものが一切感じられない。己に必要なモノのみで構成した、効率を追求したような印象を受ける部屋である。

「くだらん」

ナイジェルは手に持った菓子を一瞥《いちべつ》することもなく、無造作にゴミ箱に放り込んだ。ゴミの中に埋もれた菓子は、その包装も無残に歪んでしまった。生徒たちが込めた想いなど欠片も気にすることはない。彼にとっては己の研究に必要のないゴミでしかないのだから。

「フッ。教員の所業とは思えんな」

部屋の隅から、黒いマントを身に着けた男が現れる。ナイジェルはそれに驚くこともなく、ただ苛立ちの募った表情を向けた。

「黙っていろ。それより貴様、私が邪竜をくれてやったにもかかわらず失敗した上に、お前の化ける能力もあの魔族の娘たちに知られたそうじゃないか!　一体何のために貴様に大金を払っていると思っている！」

「フム。そう言われてしまえば立つ瀬がないな。反論のしようもない……強いて言うならアレを邪竜と称するにはあまりにもお粗末すぎるな。王族共に簡単に殺されてしまったぞ？　まあ、貴様も使い魔からの情報で既知のはずだが」

「うるさいッ！　それよりも貴様のことだ、エイムズ！　どう責任をとるつもりだ！」

「己が生み出した失点は取り返すとも。貴様の言う通り、大金を頂いているからな？　貰った分は働くとも。きちんと仕事はこなす。『四葉の塔』とやらは開けさせせんし、種族間の仲もかき乱してやるとも。だが………貴様の『道具』の始末に関しては別料金だ。アレは追加で発生した依頼だからな。これ以上の働きを求めるなら貴様が積んだ金では足りん」

　黒マントの男――――エイムズの言葉に、ナイジェルは言葉を詰まらせる。

「まったく。依頼主様は頭は良いが要領が悪い。首輪や呪符にあんな凝った機能を入れるぐらいなら、早々に殺してしまえば良かったのだ。死の恐怖に苦しむ者の顔を見たいなどという依頼主様の陳腐な趣味が裏目に出たな。……わざわざ監視をし、首輪を起動させるのも手間だったぞ？」

「黙れ！　黙れ黙れ黙れッ！　アレは元々私の道具だ！　私が買った道具だ！　どう処理しようと勝手だろう！」

「そうだったな。……安心はしていいぞ。依頼主様が首輪に施した記憶の消去は機能していた。今はマリアと呼ばれている娘は、俺や貴様の記憶を忘却していた。良かったな。だがまあ、依頼主様の臆病さも拗れたものだな。死の恐怖に歪む者の顔を眺めるための機能を入れながらも、それが解除されてしまった時のことを想定した機能を組み込んでいるとはな。何度も言うが単なる口封じならばすぐに殺した方がそんなものを組み込む手間も省けるというのに……」

　エイムズがこれだけ嫌味を零してくるのは、暗に「割に合わない仕事をさせられた」と訴えている時だ。それぐらいのことはナイジェルにも分かる。既に一年以上の付き合いではあるのだから。

「それで？　嫌味を言うためだけに帰ってきたのか？　フン！　安心しろ、目論見通り金ならばいくらでもくれてやる」

「ならば良し。で、またあの魔王の娘と裏切者とやらを殺せばいいのか？」

「いや…………」

　怒りのままに魔王の娘や裏切者を始末するように指示するのは簡単だ。

　しかし、時期的にも彼には頼みたいことが他にもあった。

「貴様には、これから大仕事を頼みたい」

第九話　お姫様は補給をしたい

ついに一つ目の鍵を手に入れたが、また一つの問題が浮上してしまった。

姿を変化させることが出来る謎の黒マントと、彼が従えていた邪竜。

兄貴たちには既に報告書を持たせた魔鳥を飛ばしているが、問題はここからどうするか。その方針はまだ固まっていない。

「困ったことになりましたね。ここにきて事態が急変してきました」

客間でソファーに座り、優雅にお茶を飲むのはノア様。

「ああ……姿を変える魔法に模造品の邪竜。更にはマリアさんの命まで狙うとは」

眉間に皺をよせ、険しい表情をしているのはデレク様だ。

「………ねぇ。ちょっと」

「おや。どうしましたか、アリシア姫」

「機嫌が悪そうだな」

「当たり前でしょ。貴方たち、どうして当たり前のようにウチでくつろいでいるのかしら？」

愛らしくむすっとした表情で、姫様は腕組みをしながら不満げに佇んでいる。

「仕方がないでしょう。姿を自在に変える謎の襲撃者がいる状況で、バラバラに行動するのは避けたいところですからね」

「相手はマリアさんも狙っているんだ。かといって、オレの屋敷で護るのは難しいからな……ここに皆が集まるのは自然な流れだろう」

「それはそうだけれど」

お二方の言っていることは至極真っ当なことであり、この場合姫様には微塵も勝ち目はないと言っていい。姫様としても、ノア様とデレク様が言っていることは重々承知であることのはずだが……まあ、ノア様のことが苦手だからなぁ。姫様は。

「………リオン。ちょっと来なさい。先に、イストールたちに送る報告書をまとめるわよ」

「えっ。それなら俺がもうやっておきましたけど」

「いいから。……マリア。ちょっとの間だけ、その二人の相手を頼んだわよ」

「かしこまりました」

無理やり引っ張られて廊下に出た後、俺は気がつけば姫様の部屋に移動していた。……どうやら転移魔法を使ったらしい。こんな高度な魔法をいきなりポンポン使われるのは心臓に悪いな……。ちょっとビックリする。

「………リオン。わたしのリオン」

それは、姫様お得意の不意打ちだった。

ふわりと華のような香りが漂ってきたかと思うと、姫様がいきなり俺の身体に抱き着いてきたのだ。そのまま胸元に顔を埋め、ぎゅぎゅーっと強く強く抱きしめてくる。勿論、大して痛くない。痛くないが、姫様が何か不満のようなものを訴えているということは分かる。……あと、あえて何がとは言わないが、発育の大変よろしい姫様の柔らかいものが押し付けられている状態というのも気になる。

「あの、姫様？　いきなりどうしました？」

「………ちょっと補給をしているの」

「えーっと………」

言ってしまっていいのだろうか。意味が分からないと。

おかしいな。さっきの戦闘時はただの一言と、目線だけで姫様の意図することを理解したのに、今はサッパリ分からない。姫様ってたまにこういうことをなされるんだよな……。

「だって、さっきあんなことがあったばかりじゃない。わたしだって色々と緊張ぐらいはしてたし。一息つきたかったんだもの。……でも、ノアの前でこういうことするのも癪だったし」

ノア様の前じゃなくても控えていただきたいが……ここは口を噤《つぐ》んでおこう。実際、姫様は頑張ってくれたことだし。俺に出来ることがあるのならなんだってしよう。

「こうしていると、頑張れる気がするの。だからちょっとだけこうさせて」

「それも、いつものワガママですか？」

「ん。そんなとこ。……だめ？」

「……俺でよければ、お好きにどうぞ」

こんな俺なんかが姫様の癒しになることが出来るのなら、協力しない手はない。

そう思って頷くと、姫様は嬉しそうに微笑んでくれた。……そういう顔をするから、いつも俺はされるがままになっちゃうんだろうなぁ。

「ねぇ、リオン」

「なんですか」

「子供の頃の約束、覚えてる？」

「覚えてますよ。絶対に何があっても、どこにいようと。俺が姫様を見つけてみせます……ってやつですよね」

「……ちゃんと覚えててくれて、安心したわ」

「当然ですよ。忘れるわけないじゃないですか」

「あのね、リオン。わたし……あの時、あなたが絶対に見つけてくれるって言ってくれたから、いつも堂々としていられるのよ」

「…………なんか、珍しいですね。姫様がこんなにもしおらしくなっているなんて。逆に心配になっちゃいますよ」

「どういう意味かじっくり追及したいけど……でも、そうね。色々あって、ちょっと疲れてるのかも。だから急にリオンの温もりが欲しくなったのかもしれないわね」

心なしか、姫様の身体がいつもより小さいような。……いや、違う。最初からこうだったんだ。いつも堂々としていて、『支配』の権能を持っていたって。彼女もまだ、俺と同じ子供なわけで。この華奢な身体はいつか、魔王としての責務を背負うことになるんだ。そして俺は、そんな姫様を支えていくと決めた。

「…………ホント、大変ですよね。姫様は」

「そうよ。とっても大変なの。だからリオンにはいっぱい助けてもらわなくちゃ」

「まあ、常日頃から言っていますが、俺に出来ることならなんでもしますよ」

「じゃあもう少しこのままにさせて？」

「………………ノア様たちを待たせているので、程々に」

今はただ受け止めよう。やがて魔王を継ぐ女の子を。

☆

意味はよく分からないが『補給』とやらを済ませた姫様は随分とご機嫌になり、客間へと二人そろって戻る。これで王族三人が揃い、晴れて作戦会議が行われることとなった。

「……さて。ではこれからの方針ですが、まずはあの黒マントについて色々と調べてみることにしましょう。その上で、あの他人に化けられる魔法への対抗策を講じなければ」

「それなら良いものがあるわ」

言いながら、姫様が取り出したのは丁度掌に収まるサイズの鋼鉄のプレートだ。それがこの場にいる全員分用意されていた。

「アリシア姫、これは？」

「わたしが趣味で作った魔道具《マジックアイテム》よ。ちょっとコツがいるけれど、魔力を通して術式を起動させれば、これを持っている人同士、離れた場所で会話が出来るの。音の大きさも自由に調節出来るわ」

「………………ちょっと待て。もしかすると通信系の魔法か？　アレは専用の設備や高度な術式を組み込む必要があるはずだが……そもそも、ここまでの小型化を実現したなど聞いたことがないぞ。それをあろうことか、趣味で開発したのか!?」

「そうよ。暇な時間に作ってたんだけど、まさかこんなところで役に立つなんてね。数を揃えておいてよかったわ。……まあ、効果範囲はせいぜい学院の敷地内ぐらいなんだけど」

デレク様は驚きのあまり言葉も出ないようだ。それもそのはず。通信魔法なんてまだ生まれたばかりの技術だ。実際に使用している人も世界を見渡してもほんの僅かだし、その僅かにしてもかなりの手間をかけて設備を整えている。しかし姫様は、あろうことか小型化を実現したうえで複数のアイテムを作り上げてしまっている。それを趣味でやってのけたというのだから恐ろしい。デレク様の反応も無理はない。

「相手の化ける魔法がどの程度のレベルでこちらに化けてくるのかは分からないけど、これには盗難対策に色々な魔法を組み込んであるから、そう簡単にコピーは出来ないはずよ」

「……成程な。魔法でコピーできないなら、あとは似た物を用意するしかない。だが、市販のものならともかく君の趣味で作ったアイテムならば、相手もそう簡単に用意は出来ないだろう。ガワだけを寄せても実際にこのアイテムを使えばすぐに本物か偽物かが分かる」

「ふむ。盗難対策と言っていましたが、具体的には?」

「これ、登録した人の魔力を記憶することが出来るの。だから偽者には使えないし、誰かのアイテムに触れれば本物だと証明することが出来るわ」

「なるほど……いやはや。驚きましたね。まさかこんな代物を独自に開発していたとは。可能ならば治安部に導入したいぐらいだ」

さしものノア様もかなり驚いているらしい。眼鏡の奥にある彼の静謐《せいひつ》な瞳は、好奇心に満ちた色を宿している。

「考えておいてあげる。これ、一応趣味で作ったとは言ったけどそこそこ苦労したし、結構頑張ったんだから」

「そういえば、いつもの趣味にしては姫様随分とそれを造るのに真剣になってましたよね。何日か徹夜もしたりして」

「当たり前じゃない。だって、こういうのがあれば離れていてもリオンの声を聞くことが出来るでしょ？　だから、リオンの声をよく聞けるように繋がりやすさを重視してみたの」

「そんな理由でそのアイテムを開発しちゃったんですか!?」

「そうよ。悪い？」

「いや、悪くはないですけど……言ってくだされぱいつでもすぐにでも駆けつけるのに。ああ、もうっ。俺がどうにかすれば済む用事で徹夜しないでください！　姫様はもう少しご自愛くださいね！」

「ふふっ。そうね。うん。覚えておくわ」

　笑っていらっしゃるが姫様、本当に分かっているのだろうか。

「……………マリアさん。あの二人はいつもああなのか？」

「ええ。私が来てからまだ日が浅いですが、だいたいいつもあんな感じです」

「…………そうか」

「そっとしておいてあげましょう。それより、話し合わなければならない問題はもう一つあります」

化ける魔法対策も確立させることが出来たところで、ノア様が話の軌道を修正する。

「マリアさんを狙った黒マントの男……彼の目的と、その裏側にいる何者かについてです」

ノア様の言葉に、場の空気が引き締まる。

「あの黒マントの男。正体は不明ですが、身のこなしからして高い実力を備えていることは確かです。傭兵か暗殺者かは定かではありませんが……いずれにても、その道ではプロと言ってもいいでしょう」

あの短い時間で既にそれだけのことを観察しており、そこから敵が何者であるかについての推測を淡々と述べるノア様。これも、彼がその『プロ』を恐れぬだけの実力を有しているからこそだろう。実際、偽物だったとはいえ邪竜の首を容易く落としてみせたのがその証だ。

「アレが大層な野望を抱いているタイプなら黒幕だったのかもしれませんが、言動から察するに彼は何者かに命じられた『仕事』で動いています。ならば彼の背後には『依頼主』がいるはずです」

「疑似的な邪竜や空間転移を可能とするアイテムの開発……技術や知識もそうだけど、相当な設備がないとあんなものは作れないわ」

「つまりあの黒マントの依頼主は……それだけの設備を揃えられる者。貴族階級の者か、どこかの大規模な組織に属している者、ということか？」

「ん……そうね。まあ、そんなところでしょうけど……」

デレク様の出した推測に対し、姫様は頷きつつもどこか歯切れが悪い。

「姫様、どうしました？」

「……ちょっと引っかかって。ただの勘だし、上手く理由を言葉に出来ないのだけれど………」

姫様の勘はよく当たる。だからきっと、何かがある可能性は高い。

だがそれが分からない以上どうしようもない。それも本人は分かっているらしく「ごめんなさい。なんでもないわ」とその場は収めた。

「黒マントの『依頼主』に関しては情報が不足しており、まだ明確な答えは出せないでしょう。ですが一番の問題は、その『依頼主』は何を目的として行動しているか、です」

ノア様は一瞬の間を置き、

「率直に言いましょう。私はあの黒マントの『依頼主』こそが、今この島で起きている獣人族と妖精族の対立を煽っている者だと考えています」

「………ま、順当に考えればそうでしょうね」

姫様は頷き、デレク様は一人苦い顔をしている。それも当然だろう。デレク様とローラ様は、その『依頼主』の掌の上で踊らされているにも等しいのだから。

「姿を変える魔法で獣人族、もしくは妖精族に化けて敵対感情を煽る。……まったく、こんなにも単純な絡繰りにこれまで気づかなかったとは。己に腹が立ちますよ」

いつもは理知的なノア様の瞳に苛立ちの色が宿る。相当腹が立っているらしい。顔の見えぬ『依頼主』に対して殺気すら滲ませている。

「怒るのは構わないけど、発散するなら自分の屋敷でなさい」

「……まさかアリシア姫に注意される日が来るとは思いませんでしたよ。私もまだまだですね」

「……そんなに地面と仲良しになりたいの？」

姫様的にはイラッとしたらしい。……でも分かるなぁ、ノア様の気持ち。俺が逆の立場だったら一言一句まったく同じことを言いそうだ。もしかしたら結構気が合うのかもしれない。

「リオン。何か言いたそうね？」

「……特に言うことはありませんよ？」

なぜならノア様が既に言葉にしたから。……うん。嘘は言ってない。

「………一つ、よろしいでしょうか」

次に、どこか自信なげに――否、後ろめたさのある様子で手を挙げたのはマリアだ。

「私を始末するために狙っていたということはやはり……あの黒マントの『依頼主』とは、私に『首輪』を着けた人物なのではないでしょうか」

「それに関しては、ほぼ間違いないと思われます。貴方が生き残ったことは向こう側にとってイレギュラーな事態であるようですから。不安要素は取り除いておきたいと考えたのかもしれません」

「………それなら、」

「ここから出ていくっていうのはナシよ」

マリアが言葉を最後まで言い切る前に、姫様がピシャリと跳ねのける。

「ですがアリシア様。私がお傍にいるだけで、御身に危険が……」

「貴方がいようがいまいが、向こうにとってわたしは目障りな存在であることに変わりはないの。獣人族と妖精族の対立を煽るのが目的なら、それを何とかしようとしているわたしの行動は都合が悪いもの。また襲撃を受ける可能性は確かにある。……だったらね、マリア。貴方がいてくれた方が、わたしは心強いわ。そうよね、リオン？」

「まあ……そうですね。姫様を護る手が多い方が、俺も助かりますし」

マリアの実力は完全には定かではないが（何しろ俺と戦った時は魔法を支配されて本来の実力が引き出せていなかったといえる）、姫様の護衛が出来うるだけの力があることぐらいは分かる。俺一人で護るよりもよほど効果的だ。

「というか、自分に刃を向けた奴を傍に置いているお方だぞ。今更だろ。……むしろその責任から逃げるなよ。お前は、姫様に対する恩をまだ返しきれていないんだから」

「……………そうですね。ええ、そうでした」

どうやら憂いは吹っ切れたらしい。

「アリシア様。貴方の身は、私がお守りいたします」

「ええ。頼りにしてるわ」

良い笑顔で頷いているが、姫様も姫様だ。自分を殺そうとした相手に命を預けることが出来るなんて普通はありえないだろうに。魔王様に似たのだろうか。……もしくは、俺が人間で、生まれ持った根本的な部分で考え方が違うのか。そうだとしたら、なんだかちょっと、寂しいというか、悔しいというか。……ダメだな。自分が人間であることについて考えてしまうと、いつもマイナス思考になってしまう。

「リオン？　どうしたの。ちょっと元気ないわよ」

「えっ？　あ、いや。なんでもないです」

そんなに表情に出てたかな。……いや、姫様は勘が良いからな。

ヘンに心配かけないようにしないと。俺は姫様の護衛なんだから。

「そ、それより。これからの方針を立てないと」

「リオン君の言う通りですね……私は、祭りの準備と並行しながら黒マントの行方や『依頼主』を探ってみようと思います」

「わたしは引き続き『鍵』を集めるわ。だから次はローラの方に交渉しに行くけど……デレク。貴方はどうするの？」

「オレは………」

黒マントの襲撃からこの屋敷で一緒に作戦会議をしているので忘れかけていたが、デレク様はまだ完全に和解の道を進むと決めたわけではなかった。魔法学院での種族間対立の原因が黒マントによる暗躍だったにしても、それはきっかけに過ぎない。火種となるものは既にあったのだ。彼がここから先、どう進むかは俺たちには分からない。簡単に決められることでもないだろう。

「………すまない。まだ決めかねている。いや、覚悟が足りていないというべきか」

デレク様もまだ悩んでいる。己が進むべき道を。

和解という道は容易いものではない。茨の道であることは確かだ。何しろ、過ごしてきた環境に加えて己が過去に犯した罪と向き合うことも必要だ。相当な胆力がいるだろうし、大きな決断を下さねばならない。

「そう。貴方がそういうなら、それは別に構わないわ。でも、わたしたちは種族間で対立しているという学院内の惨状を解決したいと思って行動しているの。だから貴方が決断を下すよりも早く、わたしたちが決断を迫ることがあるかもしれない。そのことだけは忘れないでいて」

「………分かっている。種族間の対立を意図的に煽っている輩がいる以上、悠長なことを言っている暇はないということぐらいは理解しているつもりだ」

「それが分かっているなら十分よ」

「ふむ。では、大方な方針が固まったところで細かいところを詰めていきましょうか。姿を変える魔法の使い手が学院内を闊歩していると分かった以上、我々だけでも連携は密に取っていかなければなりませんから」

「ホントなら、ここにローラもいてほしかったところだけどね……まあ、そう簡単に信じるわけもないでしょうけど」

　姿を変えたプロの傭兵（もしくは暗殺者）がこの種族間の対立を煽っているんです、なんて言ったところで、現状では信じてもらえる可能性は限りなく低いだろう。それこそ俺たちが化けられていると誤解されかねない。逆に、俺たちからしても向こうが本物か区別がつかない。頼りになるのは姫様の『勘』だけなのだから。

「ではまず、治安部をどう動かすかについてですが――――」

　三人の王族による会議は夜遅くまで続き、ある程度のところまで詰めるとお開きになった。

「ノア様、デレク様。お部屋の用意が済みました。ゆっくりとお休みになってください。今日は色々あって疲れたでしょうから」

「ではお言葉に甘えさせてもらいましょう。……リオン君、部屋の案内を頼んでも良いですか？この屋敷を訪れるのは二度目ですが、細かな部屋の位置までは把握していないので」

「承知しました」

　二人を宿泊用の部屋に案内すると、デレク様は「感謝する」と礼を言い、何かを考え込む様子で部屋に入っていった。

「デレクはそっとしておいてあげましょう。今の彼には考える時間が必要です」

「そうですね……簡単に下せる決断でもないでしょうから」

続いて、ノア様を部屋に案内する。この屋敷は『島主』が住まう場所だけあって、宿泊用の客室も王族を招いても恥ずかしくない程度には整っている。

窓の外からは月明かりが差し込んでおり、気品のある調度品も相まって室内を幻想的な様子に仕立てている。そこに佇むノア様は、いつもの理知的でクールな表情とは少し雰囲気が違っていた。王族という立場である彼が何を考えているのか、何を思っているのか。俺なんかではとうてい推し量ることは出来ない。

「リオン君。少し、君と話がしたいのですが……よろしいでしょうか？」

「俺ですか？　構いませんが…………あの、あまり面白い話は出来ませんよ？」

「ははは。大丈夫ですよ。私も出来ませんから」

軽く笑ったあと、ノア様はじっと俺の顔を見つめてくる。あらためてじろじろと、観察されているようで落ち着かない。

「デレクとの戦いで見せたあの焔……アレは君の『権能』ですか？」

「正直、よく分かりません。そもそも俺の『権能』は『魔法の支配』ですし、これまでもあんな焔が出たことはありませんでしたから」

「成程……ちなみにその焔について、何か感じたことはありませんでしたか？」

「…………イストール様とネモイ様の力を感じました。お二人の持つ『権能』の力の欠片が俺の中に流れ、混ざり合ったような感じがして」

あの時の感覚を思い出しながらポツポツと言葉を絞り出す。

ノア様は俺の拙い話をただ黙って聞いていた。目を伏せ、噛み締めるような沈黙が続いた後……。

「リオン君。もう一つ、質問をしてもいいでしょうか」

「……構いませんが」

「君は今、幸せですか？」

それが何を意味しているのか。何に対する問いなのか。やはり俺には、推し量ることは出来ない。

ただ分かるのは、それは王族としてのノア様ではなく、ノア・ハイランドという一人の少年からの問いかけなのかもしれないということ。

ただ、これだけは迷いなく言える。

「幸せですよ。俺は今、世界で一番幸せだと断言できます」

姫様と出会えたこと。四天王の方々に拾っていただいたこと。

一つだけでも自分の身には余るほどの幸福なのに、それが二つもあるのだから。

「そうですか。それなら良かったです。本当に」

「ありがとう……ございます？」

ノア様がなぜ満足げな笑みを浮かべているのかは分からない。まあ、俺がこの人について知っていることなんて、ほんの一握りにすら満たない。

「……君への興味がより湧いてきました。よろしければ、もっと話を聞かせてもらってもいいですか。これまで君がどのように過ごし、どのように生きてきたのか。好きなものは何か。嫌いなものは何か……君の幸せの足跡を、私は知りたい」

「……承知しました。それが、貴方の望みならば」

第十話　お姫様はチョロ姫様をお茶会に誘いたい

「……昨日は随分と夜更かししていたのね？」

授業を終えて気の緩んだ一瞬を突かれての一言だった。

隣の席で、何食わぬ顔をしながら教科書をしまいつつ、姫様はサラッと差し込んできた。

途端に、俺の身体はなぜか「ギクリ」という擬音が聞こえてきてもおかしくはない程に竦んだ。

そんな俺の反応を見て、姫様は口を開いて何かを言いかけたが――――、

「いや、あのですね姫様」

「……ま、別にいいわ」

「……えっ？」

「どうせノアとお話でもしてたんでしょう？　夜更かしで体調を崩してる……ってわけでもなさそうだし。いいんじゃない」

「はぁ……ありがとうございます？」

「ちゃんとお土産は持ってるわよね？」

「あ、はい。ちゃんと持ってます」

「ならいいわ」

珍しく姫様にしては大人しい。彼女はそのまま粛々と荷物を鞄にまとめると、席を立つ。当然俺も護衛として彼女を追いかけることになるのだが、なぜだろうか。姫様の背中がいつもより……寂しそう？　いや、違うな。何かを恐れているような。……俺の考え過ぎか？

「リオン様」

「……なんだよ」

俺と同じように姫様の後をついていくマリアが、粛々とした表情を保ちながらチラリと目線を俺に向けてくる。

「ノア様と仲良くするのもよろしいですが、あまりアリシア様に寂しい思いをさせてしまうのもいかがなものかと思いますよ」

「別に寂しい思いをさせてるつもりとかないんだけど……というか、そもそも俺は護衛の身だし」

「アリシア様も様々な苦労をされているのですねぇ」

今、この変態に色々なことを察せられてしまった気がする。ソレが何のことだか全くといっていいほど分からないのがちょっと悔しい。

「寂しげなアリシア様にはゾクゾクいたしません。もっと私を踏んでくれるような感じではないと」

「寂しげじゃない姫様にもゾクゾクするなよ。つーか、普段はお前を踏みつけるような感じでもないだろうが」

コイツの中で姫様は一体どういう存在なのだろうか……。どうしようもないぐらいややこしい方向で惚れこんでいるというのは分かるのだが。

「二人とも、急ぐわよ。黒マントのこともあるし、ローラとの接触は早くに済ませたいの」

姫様はつかつかと迷いのない歩みを重ねる。それはいつも通り堂々としたものだった。

寂しげな雰囲気なんてもう微塵もない。……俺の考えすぎだったのかな。

「リオン様」

「ロクな言葉が出てこなそうだけど……なんだよ」

「――――ここで足踏みしていれば、アリシア様は私をゾクゾクするような目で見てくれるのでしょうか？」

「かつてないほどに真剣な表情をしてその質問を投げるのは、この世でお前ぐらいだろうな」

☆

この島の魔法学院はとにかく設備が充実している。教員たちに提供されている設備もそうだが、授業で使用される教材や実習場等の土地までもが揃っている。この島の創立に関わった方々が教育の部分にいかに力を入れているのかが窺える。そんな学院にある設備の一つが庭園だ。

「……綺麗で、どことなく懐かしい感じがします」

「この庭園の華は、どれもが妖精族の大陸にだけ咲いている特別なものばかりだから、そのせいなのかもしれないわね。……で、この時間、この場所でお茶をすることを日課にしているのが、」

華に囲まれた庭園の中心。気品あるデザインのテーブルやイスが並べられており、一人の少女が席について優雅にお茶を飲んでいた。

妖精族の島主にして最後の鍵を持つお方。ローラ・スウィフト様だ。気配からして周囲に護衛がついているようだが、姿を現す気配がない。いつでも飛び出せるようにはしているのだろうが、ローラ様が制しているのだろう。

「ワタクシ、自分のペースを乱されるのは苦手ですの」

「奇遇ね、わたしもよ。だから来たの」

「随分とお優しい性格をしていますのね？」

「でしょう?」

早々に両者の間でバチバチと火花が散っている。しばらくの沈黙があったものの、先にローラ様が口を開く。

「それで、一体何の用ですの?」

「分かってるくせに。そういう白々しい誤魔化し方はデレクそっくりね」

「……………あのデレクが鍵を渡したというのは、本当だったようですわね」

一瞬の間。目を伏せた後、ローラ様は姫様の瞳を見つめ返した。

「いいでしょう。お話を伺いますわ」

「結構。せっかくだし、お菓子でもいかがかしら?」

姫様の合図で、俺は手に持っていた『お土産』をマリアと一緒にテーブルの上に並べていく。

「これは………」

「見ての通り、とても美味しいケーキよ。毒なんて入ってないから安心なさい」

姫様は優雅な手つきでフォークを手にとると、一口サイズに切って菓子を口に運ぶ。

まるで毒など入っていないと言わんばかりだ。……いや、まあ、実際に毒なんて入っているわけないのだが。これも姫様なりの挑発行為なのだろう。

「あら美味しい。食べないなんて勿体ないぐらい。……いらないなら貴方の分もわたしが食べちゃうけど、いいわよね？」

「べ、べべべ別に、毒なんて疑ってませんわっ！　だからこれはワタクシのものですっ！」

ローラ様は自分の前に並べられたケーキにチラリと目線を移し、おそるおそるといった様子でフォークに手を伸ばした。そのまま一口サイズにカットしたケーキを口に運ぶ。

「こ、これは………！」

最初は驚き。だが、彼女の頬はすぐ喜びに緩む。

「な、なんて美味な……！」

口を押さえ、ぷるぷると震えるローラ様。……ちょっと様子がおかしい、というか。これまでのツンツンとした態度から一変して、目をキラキラと輝かせている。先ほどまでの優雅で粛々とした態度はどこへやら。無邪気に喜ぶさまは年相応の子供だ。

「やっぱりこの島に来て良かったですわ～！　森だとこんなオシャレで美味しいお菓子なんて滅多に食べられませんしっ！」

「そう。気に入ってもらえたようで何よりね」

「…………別に気に入ってませんが？」

凄い。一瞬でいつものツンツンモードに戻っている。唯一の問題点はまったく取り繕えていないという点だ。

「妖精族は今もなお自然と共存し、自然の中で根付きながら生きている種族。確かにこういうオシャレなケーキやカワイイお菓子とは無縁の生活よね。わたしはいつでも好きに食べられるけど」

サラッと自慢をぶち込んでくる姫様に対し、ローラ様は「ぐぬぬぬ」と悔し気な様子だ。

デレク様のアドバイス通りにこうして菓子を持参したわけだが、まさかここまでヒットするとは思わなかった。

「う、羨ましくなんか……羨ましくなんかありませんわ～！　別に他の種族の大陸には美味しくてオシャレなお菓子がたくさんあるのにどうして妖精族《こっち》だけ古臭い生活を守って美味しくてオシャレなお菓子を売ってるお店がないいんですのなんて思ってませんわ！　これっぽっちも！」

思ってるんだ……。

「ううう……こ、こんな美味しいお菓子を出されたところで、ワタクシは鍵を渡すつもりはありませんわよ！　どうせデレクだって、和解のつもりで渡したんじゃないでしょう！」

「そうね。その通りよ」

「ふふん。ほーらみなさい。そんな状態で和解なんて、こっちからお断りですわっ！」

「わたし、別に貴方に和解してほしいなんて一言も言ってないのだけれど？」

「ひ、卑怯ですわよっ!?」

今にも「がーん！」という擬音が聞こえてきそうな表情で驚くローラ様。……この人、めちゃくちゃ騙されやすそうでこっちが心配するんだけど。本当に大丈夫か妖精族。あまりのチョロさに姫様も面喰らっているようだ。

「ど、どの道、鍵を渡すつもりなんてありませんわ！」

「構わないわよ。今日の本命は別にあるから」

「本命、ですって……？」

身構えるローラ様に対し、姫様はニコリと微笑んでみせる。

なんてことのない。他愛《たわい》のない世間話をするような気軽さで、彼女は告げる。

「ええ。わたしはただ――――貴方をお茶会に誘いに来ただけよ」

「お、お茶会？」

姫様のお誘いに対して、ローラ様は困惑したような反応を見せる。

「……な、何を企んでいますの？」

「別に？　わたしはただ、入学したての新入生として頼れる上級生様との交流を深めたいだけよ。ほら、これからの学院生活に関するアドバイスだって聞ける良い機会じゃない？」

よくもまあこんなにもスラスラと心にも思っていない嘘を並べ立てられるものだ。姫様のこういうところにはいつもよく感心させられる。

「いくらなんでもワタクシのことをバカにし過ぎではなくて？　そんな見え透いた罠に乗るとでも――――」

「お茶会に来ていただけるのなら、このケーキも食べ放題なんだけど」

「――――…………新入生が困っているとあらば、検討してあげなくもないですわね」

悩んだ！　ちょっと悩んでお菓子の誘惑に屈した！

俺でも分かる！　今ローラ様が「相手の罠にかからなければお菓子食べ放題ですわ！　ひゃっほい！」と考えているということが簡単に分かるぞ！

そんな俺たちの「こいつ本当にチョロいな」という視線に気づいたのだろう。

ローラ様はハッと我に返ると、あからさまに俺たちから視線を逸らした。

「で、でででですがお忘れではなくて？　このケーキもどうせ売り物でしょう？　だったら、このオシャレでカワイイケーキだって街で個人的に買ってくれば食べ放題ですわよ！　何もわざわざ貴方のお茶会とやらに出る必要などありませんわ！」

「これ、『わたしの』リオンが作ったものよ」

「…………………………えっ……」

先ほどまでのツンツンモードから一転。

ローラ様の顔は、地の底に叩き落とされたかのような絶望に染まっている。

これは素直に喜んでいいのだろうか。かわいそうという気持ちしか湧いてこない。

あと姫様、どうして「わたしの」を強調したのだろうか。

「残念ね。わたしのお茶会を断ればもう二度とこの味を堪能できないのだけれど……仕方がないわ。お茶会に参加するのを強制なんて出来ないもの。さあ、今日はもう帰りましょうか、二人とも。ねえ、リオン。わたしのリオン。明日もこのケーキを作ってくれる？　とてもとても美味しい、あなたのケーキを」

「うぐぐぐぐ………………！」

おおー、すごい。効いてる効いてる。かつてここまで姫様の煽りが効いた相手がいただろうか。

俺が記憶する限りではいない。

「こ、これ……ほんっと――――うに、貴方が作ったものなんですの……？」

藁にも縋る思いでというのはまさにこういうことなのだろうと思わずにはいられない目で、ローラ様が俺に問うてくる。「違います。実は街で売っているものです」と思わず言ってあげたいところだが、残念ながらこのケーキは正真正銘、俺が今日焼いたものだ。

「えーっと……はい。俺が作りました……なんか、ごめんなさいね」

「ううっ……いいえ。素晴らしい腕ですわ……お菓子作りの職人さんでもしていましたの？」

「いや、普通にこういうのが得意な方から教わっただけですよ。俺なんてまだまだです」

「それほどの職人が魔界にいらしたのですね……」

「その方も職人じゃないんですよ。というか、四天王のレイラ様です」

「レ、レイラ様ですって!?」

なんだろう。俺がレイラ姉貴の名前を口に出すと、一気にローラ様の様子が変わった。

「それは本当ですの!?　水のレイラ様から教わったと!?　あのレイラ様ですよ！　歌姫としても名高いレイラ様です！」

「え、ええ。本当ですが…………」

あまりの勢いに、俺がこくりと頷くと。ローラ様は雷にでも打たれたかのような衝撃を受けていた。いきなりどうしたんだこの方は……。

姫様の計算通りの反応なのかと思ったが違うようだ。姫様も困惑気味にローラ様を見ている。

「…………わ、」

「「わ？」」

「ワタクシ、レイラ様のファンですのっ！」

「『ファン!?』」

これは完全に初耳の情報だ。デレク様からも聞いてはいなかったものなので、おそらくデレク様とこの島で再会するまでの空白の期間でファンになったのだろう。いやそれにしても意外過ぎるほどの事実だ。確かにレイラ姉貴の人気は魔界という枠すら超えて世界レベルのものだ。しかし、まさか妖精族のお姫様すら虜にしているとは……。流石はレイラ姉貴ということか。ますます尊敬の念が深くなる。

「なんてことですのなんてことですの！　お菓子作りが得意という情報は入手しておりましたが、まさかここまでのレベルだったとは思いもしませんでしたわ！　ああ、ワタクシはなんと幸せ者なのでしょう！」

「……えーっと、お茶会に参加してくれるなら、レイラに関する情報も教えてあげられるけれど」

「いいでしょう！　参加してあげますわ！」

一切の迷いのない、チョロさの化身とも呼ぶべき即答に、俺と姫様はこれからの妖精族の行く末をかなり本気で案じるのであった。

☆

数日後。

「そうよ。ローラも参加するお茶会のね」

「招待状、か」

俺と姫様はデレク様のもとを訪れた。目的は、お茶会の招待状を手渡すことである。

「……例のアレか。本当に実行する気なんだな」

「ええ。協力していただけるようで嬉しいわ」

「とてもそんな風には見えんがな。……ああ、だが一つ改めて忠告しておこう」

「忠告？」

「ローラをあまり舐めないことだ」

その『忠告』は、やけに想いがこもっていた。元は幼馴染であり、ひと時とはいえ共にローラ様と過ごした経験のあるデレク様だからこそ出てきた言葉とでも言うべきか。

「確かにアイツは驚くほどに単純だ。……だが、それ故に真っすぐで頑固だ。並大抵のことでは己を曲げることはない。アリシア姫、君のようなタイプはむしろオレよりもローラの方が苦戦するかもしれんぞ」

「……でしょうね。そんな感じはしてたし、だからこそのお茶会よ。まあ、忠告はありがたく受け取っておくわ」

「そうしておくといい」

苦笑しながら招待状を大人しく受け取るデレク様。彼は周囲をきょろきょろと見回すと、

「ところで、マリアさんはいないのか……？」

「マリアなら妖精族側に招待状を配りに行ってますよ。そっちの方が刺激が少なくて済みますし
……あいつがどうかしましたか？」

「そうか……それは残念だ。いや、なんでもないが……」

言いながらもどこかしょんぼりとした様子のデレク様。獣耳がぺたりと萎れているのはちょっと可愛らしいが、あの変態メイドに何か要件でもあったのだろうか。

「ふぅ～ん？　そーいうこと？」

姫様はというとデレク様の反応を見てニヤニヤとしているし、対するデレク様はというと姫様の反応を見て「しまった」とでも言いたげな苦い苦い顔をされている。

俺にはよく分からないが、王族同士にしか分からないものというものがあるのだろう。

「ここは深く追及はしないでおいてあげる」

「……礼は言わんぞ」

「構わないわ。それより、ちゃんとお仲間を引き連れていらっしゃいね」

「分かっている」

目的を華麗に果たした姫様はデレク様と別れ、テキパキとした足取りで屋敷に戻る。その道中、同じように目的を果たしたらしいマリアと出くわした。

「アリシア様。指示通り、妖精族側に招待状を配り終えました」

「ありがとう。仕事が早くて助かるわ、マリア。ふふっ……良い子ね」

「あふん」

姫様からのお礼の言葉に、一人でゾクゾクとしているマリア。もうお前は勝手にやってろ。

「さて、それじゃあわたしたちは準備を始めましょう。ここからは忙しくなるわよ」

姫様の企みによって開かれるお茶会の会場は、入学式の時に使用された講堂だ。

ここにデレク様に付き従っている獣人族側の生徒と、ローラ様に付き従っている妖精族側の生徒を招き、立食形式でお菓子とお茶を振る舞う。お茶会だが、実際にはちょっとしたパーティだ。

「獣人族と妖精族を一ヶ所にまとめるとなると、トラブルが予測されますが」

「そうね。本番は治安部も協力してくれるっていう話だけど……何かしらのトラブルは起きるかもしれないわね」

講堂をお茶会会場にするためにせっせと準備に勤しむ傍ら、姫様は素知らぬ顔で手を動かしている。姫様が何か企んでいることはノア様たちも気づいているのだろうが、放任しているのは姫様を信頼しているからだろう。ノア様が働きかけてくれたとはいえ、治安部の先輩方が協力してくれるのもデレク様から鍵を託されたという実績を皆が認めているからだ。

「まったく……最初この計画を聞いた時は姫様の正気を疑いましたよ」

「あら。わたしはリオンを見習っただけよ？」

「それを言われると俺は何も言い返せないんですけど……」

「それは結構」

どうやら俺は姫様の教育に悪いことをしてしまったらしい。機嫌良さそうに鼻歌をうたう姫様に、俺は深い深いため息をつくことしかできなかった。

☆

お茶会当日。

獣人族側の生徒と妖精族側の生徒が集まるかどうか不安だったが、デレク様とローラ様が参加するからにはと、招待状を送っただいたいの生徒が集まった。

デレク様とローラ様のお二人を中心として、獣人族と妖精族の生徒たちは互いを牽制し合うようにピリピリしている。お茶会は既に始まっているが、今のところは停滞しているといった様子だ。喧嘩の一つも起きていないのは、ノア様をはじめとする治安部の生徒たちが睨みをきかせているからだろう。

俺とマリアだけは、事前に今日の姫様の狙いや行動についてあらかじめ聞いている。聞いた時は思わず顔が引きつったが、腹はくくった。きっと姫様なら上手くやると信じている。とはいえ、そのことがなくとも警戒は怠らない。これだけ人数が集まる場所だと、護衛としては色々と気にすべきことも多い。

「――――リオン。わたしのリオン」

警戒態勢をとるべく周囲に視線を巡らせている時だった。

耳に心地よく響く声と共に、姫様の手が俺の頬に触れる。そのまま俺の顔は有無を言わさず姫様と見つめ合う形にさせられた。

「何をしているの?」

「周りを警戒してるんです」

「ダメよリオン。あなたはわたしだけを見ていなさい」

「またメチャクチャなことを仰りますね……こういう場所で護衛が周りを警戒するのは普通のことだと思うんですが」

「『普通』なんて蹴とばしなさい。今だけでいいの……わたしだけを見ていて。わたし、リオンに見守られていると勇気が湧いてくるの。なんだって出来る気がするの」

「………それはまたいつもの『ワガママ』ですか」

「そうよ」

俺の問いに、姫様はにっこりと笑みを浮かべて言い切った。

「はぁ……ええ、はい。分かりました。ちゃんと見てますよ」

「ふふっ。ありがと、リオン」

満足げに微笑んだ姫様は、そのままの足取りでローラ様の下へと向かってゆく。俺はそれに付き従うのみだ。……いや、違う。それしか出来ないから、ともいえるか。

「ごきげんよう」

「む。アリシアさん」

ピリピリとした空気の中ではあるが、ローラ様はケーキを堪能されていたようだ。作った身としては頑張って作ったかいがあったと喜ぶべきか。

「一体何の御用ですの？」

「このお茶会のホストとして挨拶をしにきただけよ」

「……貴方がただの挨拶だけしにきただなんて、とても信じられませんわ」

その指摘はごもっとも。俺が逆の立場でもまったく同じことを思うだろう。

「単刀直入に言うと、貴方の持っている『鍵』が欲しいの」

「………？　ワタクシが、はいそうですかと頷くとでも？」

何をいまさら、とでも言いたげなローラ様。それもそうだ。たったこれだけのことを言うならわざわざこんなお茶会を開くまでもないことだ。

……だが、今の言葉を周りは聞き逃さなかった。

獣人はもちろん、妖精族側も。ローラ様の持つ『鍵』の行方はこの場にいる誰もが気になるものだろう。『四葉の塔』はいわば和解の象徴。それを開く『鍵』が揃うということは、お互いの種族の王族が和解の意思が有ると示すに等しい。今もなお対立感情が渦巻くこの場にいる獣人族側の生徒と妖精族側の生徒からすると、『鍵』の行方は注目せざるを得ない部分だ。

それ故に、今や周りの生徒たちが姫様とローラ様の会話に注目している。

今の問いの中に隠された姫様の狙いはこれだ。周りの注目を集めることにある。

「『鍵』をくれたらもっと美味しいケーキも用意するけど」

「ホントですの!? ……って、そんなことで渡すわけないでしょう!」

「レイラのことだって色々と教えてあげるけど。プライベートとか」

「そ、それは気になりますわっ……!」

姫様、勝手にレイラ姉貴のプライベートを売らないでください。

「くっ……ですがそれはそれ、これはこれですわ!」

「頑固ね」

「むしろワタクシはどれだけチョロいと思われてますの!?」

自覚がないのか……。

「まったく……良い機会だから指摘させていただきますわ、アリシアさん。ワタクシたちの問題に首を突っ込みかき乱し。……正直、貴方の行動は目に余りますわ」

「これはデレクにも言ったことだけど、種族間が手を取り合い暮らすこの『楽園島』で種族間の対立が起きているなんて現状、相当無様なことだというのは自覚ある？」

姫様の言葉に、周りにいる獣人族や妖精族の生徒たちはどこか苦い顔をする。彼らとてそのことは分かっている。だから心のどこかで後ろめたい気持ちがあったのだろう。

「ありますとも」

対するローラ様は、驚くほどに真っすぐな瞳で返してくる。

「ですがワタクシは、ワタクシの大切なものを護るだけですわ。ご存じないでしょうけど、妖精族側の生徒の中には獣人族側に傷つけられた者がいますのよ。それをただ黙ってみていることなんて出来ません。ましてや仲間を傷つけられて黙っていろと、ワタクシの口から言うことも出来ません。……反撃と称して、ワタクシたちも獣人族側の生徒を傷つけたこともあります。ですからワタクシは、これが正しい行いだとは思っていません。間違っているのでしょう。ならば仲間を護るために、正々堂々と間違えますとも」

デレク様の言う通りだ。ローラ様はひたすらに真っすぐだ。しかも厄介なのは、己の行いが決して正しいものではないと思っており、間違っていると分かっていながらも前に進んでいく強さを持っている。こういう相手は姫様の苦手とするところだ。何しろこちらの策なんてお構いなしに突き進んでくるのだから。

「………そう。ちょっと安心したわ。デレクも貴方も、現状が正しいと感じていない。だったらまだ希望はある」

一瞬だけ目を伏せ、姫様はローラ様に真っすぐな視線を返す。

「次期魔王アリシア・アークライトとして……ローラ・スウィフト。貴方の持つ『鍵』を賭けた決闘を申し込むわ」

「なっ――――!?」

姫様の言葉に、この場にいた周囲の獣人族と妖精族の生徒たちが一斉にザワついた。

様子を窺っていたデレク様も大層驚いており、ノア様の方も興味深いとでも言わんばかりの目でことの成り行きを見守っている。

「……そんなことをして、何の意味がありますの？」

「『鍵』が手に入るわ」

「まるで貴方が勝つことが決まっているかのような口ぶりですわね」

「あら。実際そうじゃない」

「それは聞き捨てなりませんわ！」

チョロ姫様ことローラ様はぷんすかと怒っていらっしゃる。が、すぐに怒りを抑え、

「……仮に貴方が『鍵』を手に入れ、『四葉の塔』を解放したとして。ワタクシたちが和解の道を歩むとは限らない。つまり『鍵』を手に入れるだけでは意味はない。そのことは分かっていらっしゃるのかしら？」

「承知の上よ」

そうだ。俺たちの目的はあくまでも種族間の和解。塔の解放はそのためのきっかけに過ぎない。

だから決闘で『鍵』を手に入れることに意味があるとは言い難い。ましてや王族……『権能』を持つ者同士の決闘。本来ならば歓迎できることではない。それでもこんな決闘を仕掛けるということ

は、その『先』に狙いがあるからだ。

「わたしが勝てば貴方の持つ『鍵』を貰う。貴方が勝てば……そうね。何でも言うことを聞いてあげるわ。魔王の娘アリシア・アークライトの名に懸けてね」

「……正気ですの？」

「至って正気だし、至って真面目よ。……それとも、わたしに負けるのが怖い？　怖いのなら逃げても構わないけれど」

「…………っ！」

逃げられるわけがない。

堂々と決闘を申し込まれた妖精族の王族が、自分の支持者たちや対立している獣人族側の生徒たちが注目しているこの状況で逃げ出すなど。そんなことは相手にとって屈辱以外の何物でもない上に、王家の名に泥を塗るに等しい。何より――対立している獣人族を勢いづかせることにもなる。それは妖精族を護ろうとしているローラ様にとって致命的だ。

まさに獣人族と妖精族の対立というこの状況そのものを逆手に取った誘い。

このお茶会という状況そのものがローラ様を逃がさないための網。とはいえ、よもやお茶会という場で決闘を申し込まれるなんて普通は考えない。ローラ様の不幸は、そんな普通を蹴とばしてしまう姫様が相手だったということだ。

「貴方、こんなことのためにわざわざこれだけの人数を集めましたの……？」

「ギャラリーが多い方が盛り上がるでしょう？」

「よくもぬけぬけと……まったく、やってくれましたわね……！」

既にローラ様に逃げ場はない。彼女もそのことを自覚しているのだろう。

息を吐きだし、呼吸を整え、ローラ様は退くことなく姫様に……否、この場にいる全員に対して堂々と宣言する。

「……いいでしょう。その決闘、受けて立ちますわ！」

☆

お茶会会場として菓子やお茶の香りが漂う講堂は、あっという間に決闘会場へと変貌した。中心には円形の結界が張り巡らされ、外部からの干渉を遮っていく。結界から数歩離れた場所を囲うように、このお茶会に参加している者たちがギャラリーとして中の様子を窺っている。結界の内部では姫様とローラ様の二人が対峙しており、互いに視線をぶつけ合っていた。

「ルールは降参、もしくは結界の外に出た方が負け……でいいわよね？」

「問題ありませんわ。……しかし驚きましたわね。至って普通。この学院の模擬試合でも採用されている伝統的なルールだなんて。てっきり貴方なら、もっと小賢しいルールを用意してくるかと思っていましたわ」

「ただの殴り合いに小賢しいルールなんていらないでしょう？　それに、純粋に力をぶつけ合う方が、貴方のようなタイプとは話が通しやすいって学んだの」

ああ、やっぱり……俺とデレク様との戦いを見ての発想だったか。姫様の教育に悪いことをしてしまっていたとなると魔王様に申し訳ない。これからは気を付けよう……。

「それじゃあ、始めましょうか」

「お望み通り叩き潰してあげますわ」

二人は同時に魔力を滾らせる。結界越しでもその圧が全身に伝わってくるかのようだ。王族として授かった権能を十全に発揮できるだけの膨大かつ圧倒的な魔力。

「先手は下級生に譲って差し上げますわよ」

「あらそう。なら遠慮なくいかせてもらうわ」

姫様が発する魔力の質が一瞬にして変わったのを、俺は肌で感じ取る。

どうやら初手からぶちかますつもりのようだ。

「――――ひれ伏しなさい」

姫様は『空間支配』の権能を発動させ、ローラ様を重力で抑えつける。

「くっ……うッ…………!?」

ローラ様は咄嗟に全身を魔法で強化して重力に抗うが、姫様が齎しているのは『権能』だ。ただの魔法で対抗することは難しい。その証拠に、彼女の身体は徐々に床に向かって沈んでいく。

牽制や探り合いなんてお構いなしと言わんばかり。まさに先手必勝。

「…………ッ……！　舐めんな、ですわッ……！」

魔力の輝きが迸る。煌びやかな光が駆け巡り、ローラ様の身体は重力による支配から解き放たれた。彼女の周りには色鮮やかな花々が咲き乱れている。ソレが重力による束縛からローラ様を護っているのだ。

「褒めて差し上げますわ。『空間を支配する権能』。それに、天才と謳われた貴方の力……噂には聞いておりましたが、噂以上の力でした」

「お褒めに与り光栄ね。わたしとしても実に興味深いわ。それが妖精族に与えられた……『神秘』の属性を持つ『権能』。実際に戦うのは初めてよ」

魔族の『支配』、人間族の『団結』、獣人族の『野生』。

そして、妖精族が有する権能の属性は――――『神秘』。

系統としては『団結』や『野生』のような単純強化型ではなく、魔族が持つ『支配』のような特殊なタイプに属するのだが、四つの属性の中でもっとも詳細が掴み切れないのが『神秘』の属性だ。

「わたしの記憶が確かなら、妖精族が宿す神秘を自在に顕現させる属性……らしいけれど。この場にその花が咲き誇っていることと関係があるのかしら？」

「……驚きましたわね。この花をご存じなのですか？」

「妖精界にしか咲かず、外界に持ち出すと一瞬にして枯れ果ててしまう。重力に逆らい咲き誇るという神秘の花。……『重力』を操るわたしにとっては、常識でしかないわ」

重力に逆らい咲き誇る花。それは重力操作を得意とする姫様にとっては不利な相手ともとれる。己に対して不利を強いる要素もきちんと調べている辺りは流石だ。

「意外と勤勉ですのね」

「傍にカッコイイ子がいたの。その子と肩を並べられる自分になりたかっただけよ」

言いながら、姫様は床を鋭く蹴った。近接戦に持ち込むつもりなのだろう。

対するローラ様は瞬時に花を全身に巻き付かせて纏う。おそらく重力による不意打ちを警戒してのことだ。距離を詰めてきた姫様に対し受けて立つつもりらしい。

「――――ぶちのめすわ」

「――――こちらのセリフでしてよ」


姫様は拳に漆黒の焔を纏い、対するローラ様はエメラルド色に輝く光を纏う。

激突する二つの拳。迸り、弾け合う魔力。

とても上品とは呼べない、獰猛な力の応酬が結界の中で行われていく。

まさに圧倒的。何人も干渉することが許されないと言わんばかりの激闘だ。

「やりますわね！　でしたら……これでッ！」

一旦距離をとったローラ様の周囲に展開された、幾つもの魔力の弾丸が姫様を襲う。

姫様は咄嗟に横っ飛びに跳ねて襲い掛かる魔力の弾丸を躱すが、

「ッ!?」

対象を失った魔力の弾丸はそのまま空を切り、床に着弾――――することなく、途中で軌道を曲げて姫様に向かって突き進む。これもまた『神秘』によって付与された力なのだろう。姫様は漆黒の魔力によって形作った弾丸をまき散らして迎撃していくものの、回避を行いながらだと精度は落ちる。撃ち漏らしが姫様の弾幕を突き抜け襲い掛かってくる。

かといって、ここで足を止めて防御に専念すれば無数の弾丸が襲い、姫様の身動きが封じられることになるだろうが、現状としてローラ様の攻撃が途切れることはない。王族と言うだけあって魔力量には自信を持っているらしい。事実、魔族と妖精族は四大種族の中でも魔法方面には秀でた種族だ。絶え間ないローラ様の攻撃を見事に姫様は捌き、躱していくが、結界という限られたフィールドの中ではそう逃げ場は多くない。

「観念なさい。逃げ場はなくてよ！」

「そうかしら？」

刹那の間に、姫様の姿が消失する。

周囲のギャラリーたちやローラ様は完全に姫様の姿を見失ってしまったらしい。だが、俺の目は彼女の姿を捉えていた。場所は単純。呆気にとられているローラ様の背後。

姫様お得意の短距離転移魔法によって完全に虚を衝き、背後をとった。

「くっ――――!?」

「遅い」

突き出された拳がローラ様を捉える。ローラ様は咄嗟に身を捻り、腕でガードしたものの、身体は無防備に大きく吹き飛ばすことになった。ローラ様の身体が結界の壁際まで迫り、宙を舞う。彼女の身体が床に着くよりも早く、姫様は再び短距離転移魔法で距離を詰めた。

一撃受けたと思ったら、態勢を整える間もなく転移魔法による追撃がやってくる。相手からすれば反則もいいところだ。これも転移魔法という最高ランクの魔法を連発できるだけの魔力と、座標を瞬時に指定し、そこに完璧に転移できるだけの精度があってこその、姫様だけの連撃だ。

勝負は決まった。この場にいた誰もがそう思った。

だが、

「…………ッ!?」

結界の外へと押し出すために突き出された姫様の拳は、空を切った。

ローラ様の姿が消失したからだ。まさか同じように転移魔法を使ったのかと思ったが、違う。空間把握能力の高い姫様はすぐにローラ様の居場所を見つけていた。姫様の視線を追う。方向は上。ローラ様は、空中に浮遊していた。

「ふーん……それも『神秘』属性の力ということかしら」

「……そういうことになりますわね」

言葉を返すローラ様にはあまり余裕がない。冷や汗をかいているようにも見える。

まあ、確かに今のは危なかったからな。

「まあいいわ。次はソレを計算に入れてぶっ飛ばすだけよ」

「……なるほど。貴方はワタクシが思っていた以上に厄介な相手のようですわね」

ならば、と。ローラ様は言葉を紡ぎ、魔力を膨れ上がらせる。

「貴方という強敵に対する礼儀を以て、ワタクシたちは舞い踊りましょう」

神秘的な光が迸り、ローラ様を包む。光は一つ、二つ、三つと増え、ローラ様本人の姿も増えた。

端的に言えば、ローラ・スウィフト様が四人に分身したのだ。

「…………『神秘』って言っとけば、なんでもアリになると思ってない？」

さしもの姫様も驚きを隠せないらしい。だが、それでも。四人に増えたローラ様を前に、姫様は一歩も退くことなく漆黒の炎を滾らせた。

☆

アリシアとローラの激闘が行われている最中。

講堂の控室でマリアは一人、羊皮紙と格闘していた。術式が刻まれたそれは淡い光を放っており、とある解析作業を行っていることを示している。

(既にアリシア様は行動に移されているはず……私も急がねばなりませんね)

マリアは確実に着実に、己に与えられた役割を果たすべく作業を進めていく。

第十一話　お姫様はお礼を言いたい

分身したローラ様による弾幕は、単純計算で四倍。ましてや彼女の放つ魔法攻撃は追尾能力を付与されている。それらの要素を考慮すると、結界という限られた範囲のフィールドはあまりに狭い。姫様は回避に専念するが、確実に追いつめられていく。

「もらいましたわ！」

「冗談……！」

姫様は一気に魔力解放する。同時に、彼女の背中から漆黒の翼が広がった。しなやかで美しく、それでいて力強い黒き翼。

ソレはエルフの尖った耳や、獣人族の耳や尻尾と同じように、姫様が魔族であることの証。種族的特徴だ。そしてこれは、姫様がより質の高い魔力を練り上げ、解放したことの証でもある。

「――――ひれ伏しなさい！」

空間支配による重力操作を発動。ローラ様が撃ち込んだ魔力の弾丸の軌道を強引に変え、床に着弾させた。『神秘』属性は多種多様な能力を発揮してくるが、その分パワーには劣るという。強引に力勝負に持っていき、重力によって叩き落とした。

……姫様の翼を見る度、いつも思う。

やはり俺は人間で、姫様は魔族で。自分がいかに脆弱な存在であるのかを思い知る。それでも彼女の傍に居続けると誓ったとはいえ、この無力感だけはどうしようもなく付きまとってくる。

『リオン様』

ふと、マリアの声が聞こえてきた。傍にいるわけではない。声は俺の制服のポケットから発せられていた。正確には姫様が作りだした通信用魔道具《マジックアイテム》から。

「マリアか。……作業が終わったのか？」

『はい。姫様の狙い通り、この会場に誘い出されているようです』

「位置は？」

『摑んでいます』

「分かった。すぐに動く」

☆

迫りくる光弾を、アリシアは翼を用いて迎撃する。が、気がつけばローラの分身が一体姿を消していることに気づいた。分身の一体はいつの間にか床に降り立ち、神秘の力を解放して妖精の花々を増殖させていた。記憶の頁《ページ》を捲《めく》り、その花が相手の魔力を吸収する性質を持つものだと理解する。

判断を下したのは一瞬。翼を羽ばたかせ、空中へと舞い踊る。

読んでいたとでも言わんばかりにローラの分身体は一斉にそれぞれが別々の魔法を撃ちこんだ。

一人は炎、一人は水、一人は土、一人は風。

四大属性全てを高いレベルで扱うことが出来るそのセンスに、アリシアは内心舌を巻いた。身体と技とを凄まじいと称するに値するレベルまで鍛え上げたデレクや、模造品とはいえ邪竜の頭を斬り飛ばしてみせたノアもそうだが、やはり神より『権能』を授かった王族たちはそれぞれの強さを持っている。まだ出会って間もないが、彼ら彼女らはアリシアにとって随分な刺激となった。

「それなら……！」

アリシアが得意とする重力操作は『空間支配』の『権能』によるものだ。更にそれを応用し、膨大な魔力を捧げて漆黒の球体を作り上げる。その瞬間、ローラたちが放った四大属性の魔法は、漆黒の球体に吸い込まれるように軌道を変え、消えた。否、球体に呑み込まれた。

「っ………!?　な、なんですの!?」

「さあ、なんでしょうね」

当然、今ローラたちが解き放った四大属性の魔法は『追尾』の効果を付与されていたのだろう。しかし、アリシアを討つという意思を強引に捻じ曲げ、漆黒の球体は全ての魔法を喰らいつくした。魔法すら影響下に置く重力の塊。

(これって結構魔力の消費が大きいし、使ったからにはあまり長いこともたないのだけれど……)

予測が当たっていれば頃合いだ、というところで。

アリシアの視界の端で、リオンが動いた。ターゲットに悟られないよう、アリシアは視線を動かさずリオンの魔力だけを追いかける――――どうやら、準備は整ったらしい。

互いの『権能』をぶつけ合うこの戦いは楽しいが、お茶会や決闘の本当の目的は『鍵』ではない。

(そろそろ、鳥籠の茶番を終えられそうね)

☆

『彼』の依頼主は思っていた以上に回りくどく、それでいて臆病で面倒な男だった。とはいえ、依頼主がどうだろうと関係はない。ただこれまでと同じように己の才能を活かし、破滅を齎していくだけだというスタンスは変わらない。

（お茶会か……こちらとしては好都合だが、何を企んでいるのやら）

罠を張っていることは明らかだ。

しかし、この『楽園島』における獣人族と妖精族のトップが揃っている状況は、罠だとしても都合が良い。たとえば、そう……あの決闘とやらが終わった直後、消耗した妖精族のお姫様を、獣人族の生徒が襲撃したとしたら？

重傷を負わせるなり殺すなりでもしてしまえば、獣人族と妖精族の溝はもはや修復不可能なまでのものとなってしまうだろう。最悪の場合は戦争だ。この『楽園島』という島も崩壊は免れない。

大袈裟ではなく、混沌の時代が幕を開けるのかしれない。それは『彼』ではなく依頼主が望んだことだが、『彼』個人としても興味はある。少なくとも面白そうではある。

（まァ、ソレを実現するためにはまずこの楽園を壊す必要があるのだが――――）

視界が歪む。否、己の身体が床に叩きつけられたと気づくのに数秒の時を要した。

「動くな」

「ッ…………!?」

組み伏せられた状態で顔を見ることは出来ないが、その声には聞き覚えがあった。

記憶を辿り、魔族の姫君の護衛をしている男子生徒、リオンという名だということを思い出す。

「お前があの黒マントってのはもう分かってる。観念しろ」

リオンの言葉には確信が満ちている。

変化の魔法は解除していない。つまり『彼』の外見は今、完全に獣人族のものになっている。コピー元の獣人族の少年は精神干渉系の魔法をかけて倉庫に押し込んでいる。その癖も性格も完全に調べ尽くし、その少年がとるであろう行動も一寸の狂いもなく模倣した。

それは『彼』が長年磨き上げてきた技であり、魔族の姫の『勘』というムチャクチャな理由でもない限りは看破されることはないと自負している。

だというのになぜ、このリオンという少年はピンポイントで『彼』を抑え込んだのか。

「良かったよ。アンタがちゃんと招待されてくれて」

リオンの言葉に『彼』の頭の中でめまぐるしく思考が行き交う。

このお茶会という場が罠であることは分かっていた。しかし、獣人族と妖精族の王族が揃っているこの場は、依頼主にとって見過ごすにはあまりにも惜しい場ではあった。いくら変化の魔法がバレたとはいえ、見つからない、見抜かれないという自信もあった。

変化の魔法が見抜かれていたのならば、わざわざお茶会など仕掛ける必要はない。つまり変化の魔法そのものは見抜かれてはおらず、何か別の細工が仕掛けてあった。

ならばその細工が仕掛けられていた『何か』とは。

「――――ッ！　招待状か……!?」

招待状に何かしらの細工が仕掛けられている可能性は考慮していた。だからこそ偽装するのではなく本物を用意したが、逆にそれが裏目に出てしまった。

「成程。見事に嵌められてしまったというわけか。俺には驕りがあったらしい」

己に驕りはないと思い込んでいた。その思い込みこそが驕りだったのだと気づかされた。

だが、それ以上に恐ろしいのはこのリオンという少年だ。

いくら『彼』に油断や驕りがあったとはいえ、周囲の何者かが背中を取ろうとする行動を起こせば、油断していたとはいえ大体の場合は気づくが、このリオンという少年は違う。

一切の気配を悟らせずに、ごく自然に背後を取ってみせた。

恐ろしいまでの鍛錬や修練が凝縮された身のこなし。裏の世界に身を浸してきた『彼』の背後を、まだ十代の少年がこうもアッサリと取ったという事実が、どれほど凄まじいことか。

当のリオン本人はまるで気づいていない様子だ。

(勿体ないな……これほどの使い手が)

彼は自分自身を過小評価しているように『彼』には見えた。

変化の魔法という、己の才を磨き続けてきた『彼』にとって、他の才が燻《くすぶ》っているのを見るだけで心が疼く。

「だとしたら、気づくのが遅かったな」

「………いや？　そうでもあるまい」

「何？」

その言葉に、リオンは疑問を抱いたようだ。しかし、『彼』はその言葉の意図を明かしはしない。

「お前は何か勘違いしているようだが……まだ何も終わってはいないぞ？」

これは才ある者に対して、また、凄まじいまでの鍛錬と修練の果てに、『彼』の背後を取った少年に対しての賛辞。一つのヒント。

与えても構わないだろう。何しろ既に種は蒔き終わっており、ソレを止めることは出来ないと知っているからだ。

☆

「では、説明してくださるかしら？」

お茶会騒ぎのあった翌日、俺、姫様、マリアの三人はローラ様お気に入りの庭園に呼び出されていた。というのも、ローラ様から諸々の説明を求められたからだ。

「構わないわよ」

「……あのお茶会の目的は？」

「昨日軽く説明したと思うけど、学院の中で暗躍していた姿を変える魔法の持ち主……『黒マント』を捕まえるためよ」

「……ワタクシに決闘を申し込んだ理由は？」

「断定は出来ないけれど、『黒マント』、ないし『黒マント』の依頼主の目的は獣人族と妖精族の関係を悪化させること。もしかすると戦争でも起こすつもりだったのかもしれないわ。とすると、現状の種族間で結ばれた和平に一番大きなダメージを与える方法があるとすれば、『獣人族側の何者かが妖精族の王族に、悪意を持って危害を加えること』。デレクは既に『黒マント』が暗躍していることを知っているし、警戒もしている。だとすれば一番狙いやすいのは『黒マント』の存在を知らないであろう貴方になるわ」

「……なるほど。だから決闘なのですわね。結界で覆ってしまえば、少なくとも外からは危害を加えることはできない」

「そういうことよ。こちらから行動を起こす前に、貴方の身を危険から遠ざけ、保護するための手段が結界ってワケ」

「……どうりで結界を張る手際が良いと思いましたわ。最初から計画されていたのならば当然ですわね。ちなみにですが、その『黒マント』とやらをなぜ見分けられたのですの？」

「あの招待状には、持ち主の魔力を記憶させる術式を組み込んであるの。あの『黒マント』は確かに姿かたちを完璧にコピー出来るのかもしれないけれど、魔力の波長までは完全にコピー出来ない」

　魔力には、人によってそれぞれ異なる波長が流れている。指紋のようなもので、この世にピッタリ同じ波長の魔力が存在することはほぼありえない。

　ちなみに持ち主の魔力を記憶させる術式は、姫様が作りだした通信用魔道具《マジックアイテム》の応用だ。

「その方法だと、あらかじめ参加者たちの魔力の波長のサンプルがなければ照合することは出来ないのではなくて？」

「ええ。残念ながら参加者全員の波長サンプルを用意することは出来なかったけれど、ソレが獣人族の波長であるか、妖精族の波長であるかの見分けぐらいはつくわ。だから、見た目は獣人族なのに魔力の波長が人間であるものが『黒マント』になる、というわけよ。まあ、あの時、わたしの代わりに波長の照合をしてたのはマリアだけど」

姫様が仕掛けたあの決闘は、マリアが照合作業をするための時間稼ぎも兼ねていた。時間がかかる工程なので、どうしても敵に行動を起こされる前にローラ様を保護する空間が必要だった。

「あの『黒マント』がローラに化けた時、『権能』の気配を感じなかったの。つまり魔力までは完全にコピー出来ないと予測したんだけど、見事に的中してくれて助かったわ」

「……ワタクシにも化けてたんですの」

「迂闊なことにね」

自分が化けられたとあってローラ様は内心複雑そうだ。実際、得体の知れない者が自分と同じ姿に化けて勝手な振る舞いをされていたとあっては当然だ。

「……それにしても、よくもまあ、あの招待状にそのような高度な術式を気づかれずに仕込めたものですわね」

「その辺りはちょっと工夫したのよ」

「工夫？」

「ええ。あの招待状だけに全ての機能を仕込めば確実にバレる。だから招待状には最低限の部分だけ組み込んで、術式の本体は別のところに仕込んだのよ」

「もしかして……講堂ですか？」

ローラ様の言葉に、姫様は悪戯《いたずら》っ子のような笑みを浮かべた。

「そうよ。あれだけの大人数を一度に照合するとなると、どのみち場所は必要だったし。お茶会っもらった。


「ていう口実を作れば自然に誘導できる場所でもあったしね」

前日、姫様が自ら準備に参加されていたのもそのためだ。あの術式の細かな調整は姫様にしか出来ない。ちなみに今回の作戦にはノア様には会場の手配を、デレク様には結界構築の面で協力してもらった。

そんな姫様の説明をひとしきり受けたあと、ローラ様は片手で軽く頭を押さえる。

「まったく……呆れましたわ。ここまで大掛かりな仕掛けと嘘をああまで堂々と繰り出し、最後までやり切るだなんて。貴方、噂以上にメチャクチャをやりますのね」

「よく言われるわ。それで、聞きたいことは以上かしら？」

「…………いいえ。まだ残っていますわ」

複雑そうな内心を抱えたまま、ローラ様はテーブルの上に銀色に輝く『鍵』を置いた。

「決闘の行方についてです」

「アレはあの騒動で有耶無耶になったと思うけど？　なんなら、わたしの負けでもいいわよ。言ってしまえば、貴方を敵をおびき寄せるための餌にしたのと変わらないんだし」

「……敵をおびき寄せるために餌になるのも、この島の『島主』にとってはむしろ当然の行動です。ましてやあの『黒マント』の暗躍を止めるためのものならば尚更。貴方たちはこの『楽園島』を護ったのです。むしろ、暗躍に気づけず掌の上で踊らされていたワタクシが恥ずかしいですわ」

「仕方がないと思うわよ？　あの『黒マント』が使う変化の魔法はわたしの目から見ても相当高度なものだったんだもの。コピー元の癖や性格、行動まで完全に模倣するレベルの使い手なら尚更……って言っても、貴方みたいな人は自分を許さないんでしょうね」

「ええ……今回はワタクシの負け。約束通り、『鍵』は貴方に託します」

妖精の意匠が施された銀色の『鍵』。それを姫様は静かに受け取った。

「ありがとう」

「お礼を言うのはこちらの方……ですが、ソレが揃ったとしてもまだ肝心の和解という道筋に至ることは難しいと思いますわよ」

昨日の時点で『黒マント』は捕らえられ、治安部の手でこの島を護る守護騎士たちに引き渡された。同時にこれまでの獣人族と妖精族の種族間の諍いはあの『黒マント』が暗躍して引き起こしたことだと治安部から学院全体に発表された。

だが、未だ種族間の和解には至っていない。

何しろこれまでの諍いが黒マントの手によって引き起こされたのが事実であるという証拠がない。生徒たちの反応を見るに、たまたま学院に侵入していた者を捕らえた治安部が、諍いを収めるために都合の良い嘘をでっち上げたのでは、というのが大多数の意見だ。

「そうね。あとは、何者かが暗躍していたという確たる証拠と……大きなきっかけでもあればいいんだけれど……それはまた考えなくちゃいけないわね。というか、貴方はこれまでの諍いがあの『黒マント』のものだって信じてくれてるのね？」

「ワタクシの目はそこまで節穴ではありませんわよ」

からかい交じりの姫様の言葉に、頬を膨らませむすっとするローラ様。

だが彼女は何かを思い出したようにハッとすると、かつてないほどに真剣なまなざしを姫様に送ってきた。

「……アリシアさん。妖精族の王族としてではなく……ローラ・スウィフトとして、貴方にお願いがあります」

「何かしら？」

「――――レイラ様のファンとして、色々と根掘り葉掘り伺いたいのですが」

「………それ、まだ覚えてたのね」

☆

レイラ姉貴のことについて散々質問攻めをくらい、俺たちが解放されたのは日が暮れてからだった。屋敷に戻った姫様は珍しくお疲れモードになっており、ぐったりとソファーに身を沈めていた。

「侮っていたわ……まさかローラがあそこまで重度なレイラのファンだったなんて……」

「で、でもまあよかったじゃないですか。最後の鍵も手に入ったんですから」

「そうね……でも、これで終わりじゃないわ。ローラも言っていたけれど、まだ獣人族と妖精族の溝が埋まったわけじゃないもの。本来の目的には届いていない」

「……ですね。けど、今日ぐらいはゆっくり休んでください」

「……ん。そうね。今日はもう疲れたし、寝ることにするわ。リオンも寝なさい。疲れたでしょう？」

「いや、俺のことならご心配は無用です。ただ言われた通りのことを実行しただけですから、大して疲れなんて溜まってません」

言うと、姫様は呆れたようにため息をつき、

「はぁ……あのね、リオン。あなたはもう少し自分で自分を褒めてあげた方がいいわ。あの黒マントを簡単に捕らえることが出来たのは、あなただからなのよ？」

「そんなことは。ただ姫様の作戦が良かったからです」

俺の言葉に対して姫様はまだ言いたいことがあったらしい。だが、色々なものをぐっと我慢されたようで、

「リオン。謙遜も素晴らしいけれど、あなたはもう少し自分を出した方がいいわよ」

「えーっと……はい。善処します」

「存分に善処なさい。あなたの場合は、もっと自分の言葉を出した方がいいわよ。たとえばわたしなら……そうね。リオン、今日は一緒に寝ないかしら？」

「なんでそうなるんですか？」

姫様のお考えはたまに俺の想像の遥か斜め上を行くことがある。

「リオンも疲れが溜まっているみたいだから、マッサージしてあげようと思って」

「いやいや。姫様にそんなことはさせられませんよ」

「じゃあリオンがわたしにマッサージしてくれるの？」

「それは色々と問題があるのでは!?」

「あら。ただのマッサージに何の問題があるのかしら」

「いや、それは……その……ひ、卑怯ですよそういう質問は！」

「ふふっ。ちょっとだけ冗談よ」

俺が慌てふためくのを見て、姫様は悪戯を成功させた子供のように笑う。

……ちょっとだけという言葉は聞かなかったことにしよう。というか、本当に姫様にマッサージをしようものなら確実に魔王様に殺される。

「――――リオン」

「なんですか？」

「魔界にいた時からそうだけど……わたしがずっと頑張ってこられたのは、リオンのおかげよ。あなたがいてくれたから勇気を貰えたし、頑張ろうって思えたの。ありがとね」

「ど、どうしたんですか。いきなりじゃないですか」

「そうね。……ちょっと疲れてるのかもしれないわ」

俺が首を傾げていると、姫様は何事もなかったかのように。それこそ、いつものように笑顔を見せてくれて。

「おやすみなさい、リオン。大好きよ」

――――その夜を境に、姫様は俺の前から姿を消した。

第十二話　空虚な少年は立ち上がる

自室に戻ったアリシアはベッドに入ってもあまり眠ることが出来ず、いけないことだとは思いつつも机に向かって考え事に耽っていた。世界に対する感覚の鋭いアリシアは、この学院に来てからある違和感を抱いていた。それがあと少しというところで形に出来ず、こうして睡眠を阻害する。

そうして考え事に耽っている最中だった。

空間を支配する権能を持つアリシアは、数瞬早く空間の歪みを感知する。

黒マントの男がローラに化けて姿を現したのと同じように、空間の一部が割れていく。

有無を言わさぬ速度で黒い影のようなものが噴き出し、アリシアの身体を捕らえんと向かってくる。

（この屋敷に強制的に介入できるレベルの空間干渉系の魔法……！）

屋敷には様々な防衛用の高度な魔法や結界が幾重にも張り巡らされている。もちろん、空間系への対策もあるのだが、おそらく敵が発動させているであろうこの空間干渉系の魔法は、その高度な魔法をも上回る力を有しているということだ。

だが、同時にこの屋敷はアリシアの領域でもある。屋敷の術式《リソース》を利用し、自身を引きずり込もうとしている先の空間を強引に解析する。

（ああ、やっぱりそういうこと…………！）

アリシアは咄嗟に机の中に収めていた『鍵』を摑み、そして――――、

☆

俺が異変に気付いたのは、今朝になってからだ。

屋敷の中から姫様の気配が消えていた。部屋に入ってみると、そこに姫様の姿はなかった。

「姫様……？」

背筋を冷たいものが駆け抜けた。

最悪の想像だけが際限なく膨らみ続けていく。

急いで居間に向かう。そこではマリアが朝食の準備を整えていた。

「おはようございますリオン様。……顔が青いですが、どうかされましたか？」

「マリア。お前、姫様を見なかったか」

「いえ……そういえば、今日はまだ姿を拝見していませんね」

「………ッ！　くそっ！」

「リオン様!?」

嫌な予感を抱きながら屋敷を飛び出し、急いで学院まで走った。

教室にも、講堂にも、庭園にも、どこにも――――姫様の姿が見当たらない。どこにもいない。

俺が護ると誓ったお方が。

不安に締め付けられそうになりながら俺はひたすら学院の中を駆け回り、今度は治安部の本部へと転がり込んだ。そこには書類仕事をしているノア様がいて、彼は俺の存在に気づくと顔を上げた。

「おやリオン君。どうしましたか、こんな朝早く」

「はぁ、はぁ……あの、ノア様………姫様を見かけませんでしたか？」

「アリシア姫ですか？　いや……今日はまだ姿を見ていませんが」

「そう、ですか……」

治安部の本部にもいない。

学院に来るまでの道中、街にもあの広場にも姫様の姿は見当たらなかった。

デレク様の屋敷を除けば、この島に来てから姫様と一緒に回ったところはこれで全部だ。

「すみません……お邪魔しました」

それから俺はデレク様の屋敷にも向かってみたが、結局何の成果も得られなかった。念のためにローラ様の屋敷もダメ元で尋ねてみたが、やはりいない。

「どこだ……どこにいるんですか、姫様……！」

焦りが募り、時間だけが経っていく。

気がつけば辺りは夜になっていた。俺の足は自然と屋敷に向かっていた。心の中ではありえないと思いつつも、いつものように悪戯っ子のような表情で姫様が出迎えてくれることを願っていた。

——お帰りなさい、リオン。ふふっ。ちょっと驚かせてみたかったんだけど、その様子なら大成功みたいね？

屋敷に入った途端、そんなことを言いながら姫様が出迎えてくれる……ことはなかった。やはりそこには姫様の姿なんてどこにもなく、ただ主のいない空っぽの屋敷だけがあった。

「リオン様、おかえりなさいませ。……アリシア様は………」

「いや……捜し回ったけど………」

力無く首を横に振る。マリアはそれだけで察したのだろう。目を伏せて、ポケットから三つの鍵を取り出した。

「これが姫様の部屋の床に落ちていました」

一つは獅子の意匠が施された金色の鍵。もう一つは妖精の意匠が施された銀色の鍵。

そして……悪魔の意匠が施された漆黒の鍵。

姫様が集めた二つの鍵と、魔王様より受け継いだ『魔族の鍵』。

あの姫様が、この鍵を無造作に床に落とすような管理をするだろうか。ありえない。だとすれば、

「………落とした、のか？」

この冷たい三つの鍵は、もはや逃れようのない現実を俺に突きつけてくる。

「リオン様……もしかすると、アリシア様は………」

「何者かに、攫《さら》われた………」

結論は自然と言葉として滑り落ちた。

ああ、やっぱりそうだ。

俺は護ることが出来なかった。姫様を――大切な人を、護ることができなかったのだ。

☆

姫様の姿が消えてから一日が経ち、あらためて部屋を調べてみたが痕跡らしいものは何も見つからなかった。

治安部の人たちも捜索を手伝ってくれたが、一向に手がかりは見つからない。更に、『楽園島』を防衛している騎士たちから連絡が入った。捕らえていた『黒マント』が牢獄から抜け出したというのだ。鍵を開けられたり侵入者が入ったような痕跡は一切なく、忽然《こつぜん》と牢から消えたらしい。状況は姫様とまったく同じだった。

つまり――――姫様は、『黒マント』の依頼主の手によって攫われた可能性が高い。

最初に俺たちの前に姿を現した時、『黒マント』は魔道具《マジックアイテム》による空間転移を行っていた。つまり相手は空間転移を可能にするだけの技術を持っている。牢屋から『黒マント』を助け出し、姫様を屋敷から攫ったのもおそらくソレを用いたのだろう。

だが、それだけだ。こちらからは肝心の居場所が摑めない。

俺は当てもなくフラフラと街を彷徨《さまよ》っていた。当然、姫様が見つかるわけがない。

どうすればいいのか分からない自分に苛立ちが募る。糸口を見つけ出すことも、解決のための方向性を見出すことも出来ない自分が情けなかった。

「ここは…………」

噴水のある広場。この島に来たばかりの頃。姫様と一緒に散歩をして、ここでデレク様とローラ様の諍いを目撃した。

――――それより……。ねぇ、リオン。

――――あの、ね……？　あなたがよければ、なんだけど。

――――わたしと……手を、繋いでくれる？

あの時は結局、ローラ様の魔法が飛んできたから手を繋ぐことは出来なかった。

今もそうだ。姫様の手を摑んでおくことができなかった。

「こんなことなら……手ぐらい繋いでおけばよかったな」

何も摑めていない掌を見つめていると、ポツリ、と雫が落ちた。

いつの間にか空を雨雲が覆いつくしていたらしい。あっという間に無数の雨粒が降り注ぎ、身体を濡らしていく。

「ちくしょう………」

悔しい。むざむざ連れ去られてしまったこともそうだが、居場所が摑めないまま、手をこまねいていることしか出来ない自分が何よりも悔しい。

「きっと姫様なら……こんな状況でも、どうにかしちゃうんだろうなぁ……」

その姫様はここにはいない。俺が護り切れなかったからだ。

心の中を無理やり抉り取られたかのような痛みが全身を支配して、身体がこれ以上動いてくれない。前に進んでくれない。姫様を捜すために少しでも足掻かなければならないのに。

「……情けないな。姫様がいなくちゃ何にも出来ないのか、俺は」

この島に来てからもずっとそうだ。

兄貴たちから任務を受けたのに、方針や作戦は全て姫様が考えてくれて、姫様が俺を引っ張ってくれていた。

俺が自分から行動したことといえば、デレク様と戦ったことだけ。それにしたって、姫様がデレク様との話し合いの場を設けなければ実現することもなかった。

俺はずっと姫様に甘えていた。そして、彼女のいなくなってしまった自分がいかに無力で空っぽの存在であるのかを思い知らされる。

考えたことがなかった。

姫様が俺の傍からいなくなるなんて。手の届かない場所にいなくなってしまうなんて。

だからだろうか。こんなにも、身を引き裂かれるような思いをしているのは。

「風邪をひきますよ」

頭上の雨が遮られた。傍に現れた人が、傘をさしてくれたらしい。

「ノア様………」

「君にとってアリシア姫がどれほど大きな存在だったのか。今の君を見れば、よく分かりますね」

「………姫様の居場所、何か手がかりは」

縋るような俺の質問に対して、ノア様は静かに首を横に振った。

「残念ながら何も。治安部の部下たちも懸命に捜索はしてくれているのですが、未だ何一つ手がかりを摑めていません」

「そうですか………」

雨音がやけに大きく聞こえてくる。視界の全てが灰色で、世界から一切の色が消えうせてしまったかのような気さえしてきた。

そんな中、ノア様はただ黙って傘をさしてくれていた。自分の肩が濡れてしまっていることなど、一切意に介さずに。

「………気づかされました。俺は、姫様がいなければなにもできない……空っぽの、役に立たない人間だって」

口から零れた言葉は、ただの甘えだ。でも今の俺はなぜか、ノア様に対して甘えたくなってしまった。そんな俺を叱ることも軽蔑することもせず、ノア様はただ黙って俺の言葉に耳を傾けてくれていた。

「こんなにも……こんなにも悔しいのに。何もできないんです、俺。どうすればいいのか分からない。どうやって姫様を捜せばいいのか分からない。姫様を取り戻すための手立てが何一つ浮かばない……情けないですよ。こんな役立たず、親から捨てられて当然だ」

頬を雫が伝う。これは雨じゃない。俺の瞳から零れ落ちた、涙だと分かった。

一度流れ出せば、もう止まらなかった。ボロボロと涙が溢れてくる。

「リオン君」

そんな俺の涙を、ノア様の指が拭った。

「大切な人のために涙を流すことが出来る貴方を、四天王の方々は誇りに思うでしょう。それは君の中に優しさが育まれている証であり、君が虚ろの存在ではないという何よりの証拠です」

ノア様の顔はとても穏やかで、優しくて。

まるですべてを包み込んでくれるかのようで。

「進みなさい。君の進むべき道へ。君の行くべきところへと」

「でも……分からないんです。俺は今、どこに進めばいいのか……」

「恐怖、焦り、喪失感、無力感……君は今、様々な雑念に苛まれています。ですがそれらは全て余計なものです。前に話してくれたじゃないですか。君は魔界でよく、アリシア姫を捜す役目を引き受けていたと。同じようにすればいいんです。余計なことは考えず、ただ純粋に彼女のことを想えばいい。その想いに従って歩みを進めなさい」

ノア様の言葉は不思議と俺の心の中に染み込んできた。

魔界にいた頃はどうやって捜していたか。いつもは、姫様が行きそうな場所を回ったり、その場の閃きだったり。だけどこの『楽園島』は魔界とは違う。心当たりはもう全部捜した。ましてや木の上で子猫と一緒にお昼寝しているなんてこともないだろうし。あの時は、なぜわざわざ木の上でお昼寝なんてしていたのかを問うてみたら、高い所が気持ち良かったからだなんて言って………。

「高いところ………」

ふと、頭の中で何かが引っかかった。

心当たりは全部捜した――――本当にそうだろうか。

覚えた違和感を逃さず摑む。そのか細い糸のようなものをひたすら手繰り寄せていく。

その先に浮かんだのは、『鍵』だ。

姫様の部屋に鍵が落ちていた。アレは姫様が攫われる瞬間、鍵を落としたんだと思っていた。意図したものではなく、偶然落としたのだと。でも、本当にそうだろうか。

偶然ではないとしたら、故意に落としたか。

仮に故意に落としたとして……それはなぜか。何を意味しているのか。

――なら……ぜったいに、なにがあっても。

――リオンが、わたしのことを見つけてね。


「そっか……そういうことか………」

姫様は手がかりを残してくれていた。

俺が見つけ出すと信じて。

「……姫様の居場所が分かりました」

「本当ですか？」

「はい。心当たりは全部捜したと思ってましたけど……まだ捜していない場所がありました」

視線を向けた先。そこには、降りしきる雨の中に燦然と君臨する塔があった。

それだけでノア様は察したらしい。

「なるほど。『四葉の塔』……これは盲点でしたね。確かに閉鎖中のあそこはまだ捜索の手が及んでいませんでした」

姫様は鍵を落としたんじゃない。わざと落としていったんだ。

それが咄嗟のことだったのかもしれない。その咄嗟の判断で、姫様は精一杯の手がかりを残してくれていた。このチャンスを無駄にするわけにはいかない。

「……ノア様。治安部の皆さんに、頼みたいことがあります」

☆

「……ふむ。成程」

魔王軍が管理する、とある倉庫。

横たわる海賊船を前に、男は一人言葉を漏らす。

土のエレメントを司る四天王、アレド。

膨大な量の積み荷を短期間の内に調べ終えた彼は、脳内でその情報を瞬時にまとめ上げた。

「やれやれ。手がかりは幾らでも出てくるとは言え、少々骨が折れましたね。こういう時、リオンがよくお茶を淹れてくれたものですが……ない物ねだりをしても仕方がありませんね」

作業の疲れも、リオンの淹れてくれたお茶一つで簡単に吹き飛んでしまう。

だが、そのリオンは『楽園島』にいるので疲れが簡単に吹き飛ぶことはない。

「この作業も、リオンさえいてくれれば楽しいものになったのですが……いや、いけませんね。むしろリオンの模範とならねばならぬというのに。ああ、でもやはり恋しい……」

「どうだ、アレド。何か分かったか？」

独りあれこれと考えるアレドに対し、イストールが声をかける。

「この海賊たちが武器を仕入れた場所を突き止めました」

調査結果をまとめた手元の書類を捲りながら、アレドは淡々と事実だけを述べていく。

「彼らが使用している武器は、どれも市販の物ではありません。見たところオリジナルの試作品。

並の設備では製造することが困難なものばかりです。ですが、それ故に痕跡を見つけることも容易でした。ネモイが見つけ出した海賊船はどうやら輸送船の役割を果たしていたらしく、丁度武器を仕入れた直後であったことも幸運でした」

　アレドは書類を捲る手を止める。

「武器の製造者の居場所は――――『楽園島』です」

「……そうきたか」

「何かあったのですか？」

「つい先ほど、リオンから連絡がきた……姫様が、何者かの手によって攫われたらしい」

「何ですって!?　もしや、その何者かというのが……」

「うむ。犯罪組織に武器を流している張本人であるかもしれん」

　これからどうするべきか。どう動くべきか。

　既にお互いに、為すべきことは理解していた。

「ただちに『楽園島』へ向かう。他の四天王たちを召集しろ」

☆

　拳を握る。魔力の流れに淀みがないことを確認する。

　問題ない。あの塔の中で何が待っていようとも、戦える。

　姫様を助け出すために動くことが出来る。

屋敷に戻り、準備を整えている間に外の雨はいつの間にか止んでいたらしい。

鍵は揃っていないが、緊急事態だ。強引にこじ開けさせてもらおう。

……今まで姫様たちと頑張ってきたのは、この扉を真っ当に開ける為だった。

こんな形でこじ開けたくはなかったが……仕方がない。

思いよりも、気持ちよりも。俺にとっては姫様が一番大切なんだ。

「今行きます」

決意の言葉を告げ、一歩前に踏み出す。

「お待ちください、リオン様」

聞こえてきた声の方に向かって振り向くと、そこにはマリアとノア様が佇んでいた。

「二人とも……どうして」

「アリシア様を救いたいという気持ちは私も同じです。私の命は貴方と、アリシア様に救っていただいたものですから」

「囚われのお姫様の救出に騎士が一人というのはいささか寂しいと思いましてね。私でよければお供させていただきましょう。……本来ならば治安部も総動員したいところですが、君から頼まれた例の件で皆手一杯でしてね。私が代表して駆けつけたというわけです」

治安部の人たちには俺から頼んだ作業があったり、もしもの時のために姫様の捜索に人員を割いている（何しろここに姫様がいるという確固たる証拠はない）。デレク様やローラ様にも応援は頼めない。今は獣人族側と妖精族側は黒マントの一件があってデリケートな時期だ。下手な行動をとらせて刺激を与えたくなかった。だから俺が一人で助けに行くつもりだったが……ありがたい。頼もしい助っ人が二人もついている。

「それに、これも必要になるかと思いましてね」

ノア様が取り出したのは、戦士の意匠が施された純白の鍵。

塔を解放する為に必要な最後の一つ――――人間族の鍵だ。

「君に託します」

受け取り、しっかりと握りしめる。

「感謝します」

「では、踏み込むとしましょう。囚われのお姫様が、リオン君を持っているでしょうから」

俺は頷き、四つの鍵を摑む。

扉の鍵穴にそれぞれの鍵を差し込むと、確かな手ごたえを感じた。

重厚な扉はゆっくりと開き、『四葉の塔』を解放した。

☆

塔の中は薄暗く、静けさに満ちていた。奥には上に続いている階段が見えている。

この『楽園島』に来てノア様の依頼を受けて以降、ひとまず俺と姫様は『四葉の塔』の解放を目指してきた。遂にその『ひとまずの目的』が果たされたわけだが、

「ふむ。あまりにもアッサリとしていたせいでしょうか。あまり感慨深くはなりませんね」

さながら俺の率直な意見を代弁したかのようなノア様の一言に、思わず苦笑する。きっとこの場

に姫様がいたとしたら、同じようなことを言っていただろうから。

「ですがそれで正解のようです。……感慨に浸る暇など、与えてはくれないようですから」

マリアが発した言葉のすぐあと。俺たちが入ってきた扉は独りでに閉まり、鍵がかかった。いかにも閉じ込めましたといった感じだ。

更に周囲の空間が歪み始めた。先程まで冷たい石に覆われていた空間が、瞬く間に観客のいない闘技場に早変わりする。

「空間の制御……なるほど。アリシア姫を攫い、黒マントの男を牢から解放した何者かがこの塔にいる確率はより高くなりましたね」

やはり姫様は塔のどこかにいる。その確信に近い事実を得られただけでも十分だ。

だが問題はここから。まさか周囲の空間を変換し、拡張しただけで終わりではないだろう。

「おや。どうやら向こうは私たちを歓迎してくれているようですよ」

ノア様が視線を向けた先。地面から魔力が蠢き、全身を土で構成された人形が幾つも地面から湧き出てきた。

「ゴーレム……魔法で作り出した人形ですか。素材や術式によって性能が左右されるものですが、その点で言うと実に素晴らしいゴーレムたちです。上質な魔力を基に高価な素材が惜しげもなく投入されています。よほど私たちを先に行かせたくないらしいですね」

生み出されるゴーレムたちはあっという間にこの闘技場のような異空間を埋め尽くしていき、気がつけば俺たちは完全に包囲されていた。禍々しい光に覆われたゴーレムたちは、強靭な土の躰《からだ》を以て威嚇するように俺たちを睨みつけてくる。

「呑気に仰っているようですが、つまるところそのようなゴーレムに包囲されている現状は、かなり不味いのでは？」

短剣を構えながら言うマリアに、ノア様はくつくつと笑う。

「仰る通り。しかし、同時にこれは希望でもあります。この先にアリシア姫がいる可能性は、今や確信に限りなく近いものとなりました。よってここは、手分けしていきましょう」

言うや否やノア様は腰から剣を引き抜くと、一閃。

まさに目にもとまらぬという速度で振るわれた剣から魔力の刃が奔り、ゴーレムの包囲網にいともたやすく穴を空けた。いや、こじ開けたというべきか。

膨大にして苛烈な魔力の刃はゴーレムが持つ強靭な躰を喰らい、蹂躙した。

「リオン君とマリアさんは先に行ってください。この場は私が引き受けます」

「ノア様……さすがにこの数を一人で相手するのは無茶です」

「リオン様の仰る通り。わざわざ相手をしなくとも、三人で強引に上の階に上がればよいだけのこと。私も加勢いたします」

拳を構え、マリアと共に加勢しようとしたが、俺たちの動きをノア様の手が制した。

「アリシア姫が姿を消してから既に一日以上が経過しています。彼女がそう簡単に倒れるとは思っていませんが……どうであれ急いだ方が良いことは確かです。それに、仮にここで強引に進んでも、最悪の場合背後からゴーレムの軍団に挟み撃ちにされる可能性があります。よってこの場は、君たちが先に行き、私がこのゴーレムの軍勢を駆逐するのが得策といえるでしょう」

それに、と。ノア様は言葉を付け加えながら剣を振るう。

白銀の魔力が煌めき、刃が躍る。

周囲で蠢くゴーレムたちが有象無象の如く切り刻まれ、爆ぜていく。

「この程度のゴーレムなど、私にとってはさしたる脅威でもありません。それに、たまには先輩らしいことをさせてください」

言いながら微笑んでくれたノア様に、俺とマリアは静かに頷いた。

「必ず姫様を助け出します」

「君たちがアリシア姫と共に戻ってくるのを、私も楽しみに待っていますよ」

これ以上の言葉はいらない。俺たちはノア様の切り拓いてくれた道を駆け抜け、奥にある階段を使って上の階層に急いだ。

☆

「さて…………」

リオンとマリアを見送った後、ノアは周囲に展開されているゴーレムの軍勢に目を向ける。どうやらこの空間には特別な術式を張り巡らせているらしい。破壊した傍から新たなゴーレムが精製されていく。それらのゴーレムは階段に向けて迷いなく歩みを進めており、どうやら侵入者をどこまでも追いかけていくように命令が組み込まれているようだ。

しかし、それを許すつもりはない。

刃を振るい、リオンたちが駆け上がった階段に向かうゴーレムを片っ端から斬り裂いていく。

「申し訳ありませんが、通行止めです」

磨き上げ、鍛え上げた剣技と魔力。その前には目の前で展開されるゴーレムの装甲など紙にも等しい。触れることさえ許さないとばかりに蹴散らしている内に、ノアはこの空間に張り巡らせている術式の変動に気づく。

「――――『脅威判定』『完了』……『危険度』『最大』『危険』『危険』『危険』」

「…………おや」

新たに精製されたゴーレムは、周囲のゴーレムたちよりも明らかに性能が違う。人間に近いフォルムを有しており、内蔵されている術式も魔力も段違いだ。

相当なリソースが使用されていることが一目で分かるとなると、このゴーレム軍団の司令塔のような役割を果たしているのだろう。

「――――『リミッター』『解放』『出力』『最大』……『排除』『行動』『を』『開始』『します』」

どうやらこのフロアは侵入者のレベルを測り、それに応じて性能を変化させる仕組みを持っていたらしい。ノアはその中でも最も高いレベルの脅威であると判断されたらしく、周囲のゴーレムたちの魔力も爆発的に増大していく。

しかし、

「張り切っているところ申し訳ありませんが、蹂躙させていただきましょう」

今のノアにとって、このゴーレムたちなど敵ではない。

彼の胸には今、熱い焔が燃え盛っている。この背の先には、護るべき者がいる。必ず護りたいと心から願う者がいるのだから。

「先輩として……いや、」

思わず笑みが零れる。きっとリオンは知らない。今は、それでいいと思っている。

ノアがここに立つ理由は、刃を振るう一番の理由は、

「奇跡的に出会えた、可愛い弟を護るためです。此処から先へは通しませんよ」

☆

音で分かる。下の階で戦闘が始まった。

ノア様の実力が相当なものであることは分かるが、不安が完全に消えるわけではない。

あのゴーレム軍団の戦力は未知数なのだから。

だがここで引き返してしまえばそれこそノア様の気持ちを無駄にすることになる。

今の俺たちに出来るのは、一刻も早く姫様を助け出すことだ。

「………………！」

マリアと共に階段を駆け上がっていると、またもや周囲の空間が歪み始める。

次の階層《フロア》に辿り着くと、緑が生い茂る森が広がっていた。下の階層《フロア》とは違いゴーレム軍団が大量に現れる……なんてことにはなっていないが、この静けさが逆に怪しい。

「リオン様、あれを！」

マリアが指した先に、一人の少女が木にもたれかかるように倒れているのが見えた。

長い金色の髪に学院の制服に身を包んだ少女。

「アリシア様……！　よかった、ご無事だったんですね……！」

ほっとしたような声を漏らし、マリアが気を失っている姫様のもとへと駆け寄っていく。

俺も同じようにするべきなのだろうが、直感とも呼ぶべき何かが足を止めた。

「――――ッ！　違う！　マリア、止まれ！」

微弱な風の流れがそのアクションを俺に知らせてくれた。俺の声に反応したらしい姫様は、懐から取り出した刃をマリアに向けて振るう。その時には既に俺は地面を蹴っており、マリアを押しのけ、殺意に彩られた刃に焔を纏わせた拳を叩きつけた。

間違いない。コイツは、

「黒マント……！」

「フッ……その名で呼ばれるのも些か飽きてきたな」

「ッ……！　姫様の顔で、ペラペラ喋るんじゃねぇッ！」

怒りと共に焔を滾らせる。紅蓮の輝きが黒マントの身体を炙《あぶ》り、焼いていく。

姫様の姿をした化けの皮が瞬く間に溶けていく。俺はそのまま強引に拳を押し出し、刃ごと黒マントの身体を吹き飛ばした。が、空中で軽やかに態勢を整えた黒マントは、何事もなく地面に着地してのけた。

「しかし驚いたな。どうやって見破った？」

「さあな。なんとなく、姫様じゃないって思っただけだ」

「………また直感か。まったく、そんなふざけた理屈で二度も見破られるとは腹立たしい」

「腹立たしいのは俺の方だ。よくも姫様に化けてくれやがったな。……ぶちのめしてやる」

怒りと共に焔を増大させ、身体に纏う。

拳を握り、地を蹴ろうとした瞬間――――無数の短剣が、黒マントめがけて襲い掛かった。

黒マントは急な襲撃に対して咄嗟ながらも対応する。凄まじい反応速度を以て横っ飛びに全ての短剣を躱した。だが、まるでそれを予見していたかのように射出された鎖が黒マントの腕を捉え、巻き付くことで身動きを封じた。

「ッ……マリア」

「リオン様。貴方はここで立ち止まっている場合ではありません。その怒りも力に変え、今は先に進むべきです。この黒マントがいるということは、アリシア様が近くにいるはずですから」

黒マントを睨みつけるマリアの手には、暗器の一つであろう鎖が握られていた。先程の短剣もマリアが投げつけたものなのだろう。黒マントを的確に誘導し、狙いを的中させ拘束してのけたその技量は、数々の戦闘を積んできたことを感じさせる。

「ここは私にお任せを。……ご安心ください。アリシア様に化けられて腹が立っているのは私も同じ。この不届き者は、代わりに私がぶちのめしておきますので」

「…………分かった。任せたぞ！」

ここで留まるのは無粋だ。俺はマリアの言葉に頷き、森の奥へと走り出した。

「させると思うか？」

黒マントは脚から魔力と術式を解放する。地面から急成長した巨大な植物の蔦が迸り、俺に向かって襲い掛かった。その直後、マリアの暗器であろう棘付きの鉄球が、瞬く間に蔦を蹂躙していく。

抉り取られた植物の蔦は、魔力の欠片となって砕け散った。

「――――させると思いますか？」

凛とした、頼もしい声を背中に受けて。

俺は森の中を突っ切り、上の階層に繋がる階段を見つけて駆け上がった。

第十三話　わたしの王子様

黒い影に包まれた後。アリシアの視界に広がっていたのは屋敷の中にある自室ではなく、冷たい雰囲気を感じさせる空間だった。周囲には魔法研究に必要な機材が所狭しと並べられており、アリシアからするとそれらがかなり高価な機材であるということが一目で分かる。同時に、ここが『四葉の塔』の最上階であるという事実も。

（空間を歪曲させて塔の中を拡張している……まあ、確かにこれだけの実験設備を使うなら相応の広さが必要だけれど）

閉鎖状態にあった『四葉の塔』は秘密の実験施設として利用するには好都合な場所と言える。事実、獣人族と妖精族の諍いというデリケートな問題が発生している最中に近寄る者はそういない。黒マントの雇い主が種族間対立を煽っていたのは、これが目的の一つであった可能性は十分にある。

「………いきなり攫った割に、拘束もしないいなんて随分と余裕があるのね？」

この空間に佇んでいた一人の男に向けて、アリシアは声をかける。

「拘束？　そんなモノ、必要ないだろう。何しろ君は、自らの意思で囚われるのだからな」

気づく。男の背後にある、巨大な球体状の装置の存在に。

空間を歪めるほどの膨大かつ禍々しい魔力の塊が渦巻く球体の中で、何が眠っているのかをアリシアは理解した。

「邪竜……！」

「あァ。君たちにけしかけた複製体ではない。かつての『邪神戦争』において数多の戦場を蹂躙した、正真正銘の本物だよ」

男の言葉に嘘がないことは、目の前の球体で眠る邪竜を見れば理解することが出来た。

そもそも気にはなっていた。

出来の悪い偽物だったとはいえ、見た目などはそう本物と変わらない程度のクオリティはあった。それこそ、本物のサンプルでもない限り作り出せないぐらいには。

「……これで納得がいったわ。本物のサンプルを手に入れているのだったら、邪竜の複製体を作り出すことも出来る。だけど、ソレはただの屍。蘇らせることなんて出来ないし、だからこそ不出来な偽物なんか作った」

「その通り。コレはただの屍であり、複製体を造る為のサンプルだ。……君たちはその偽物を不出来だとは言ったがね。例えば、そう――――」

男は口の端をぐにゃりと歪め、不気味な笑みを見せる。

すると、彼の背後に無数の球体が現れた。それぞれの中には邪竜の複製体が眠っており、心臓の鼓動のような音が空間全体に響き渡っている。

「――――この不出来な複製体共が、島中に無差別に転移されたとしたら。中々刺激的な光景になると思わんかね？」

男の言葉が引き金となったかのように、邪竜の屍が活性化する。この空間の周囲に張り巡らされている魔導機材が動き出し、邪竜の屍が眠る漆黒の球体から魔力を吸い上げていく。

空間に干渉する類の魔法は魔力の消耗が激しい。塔の内部の空間を自在に拡張させ作り変えるだけでなく、アリシアの屋敷にも強制的に介入することが出来たのも、邪竜の屍からそれだけ多くの魔力を吸い上げていたおかげなのだろう。

（させない……！）

迷いはなかった。アリシアは即座に反応して地面を蹴る。今から周囲の機材を破壊しても間に合わない。既に転移は始まろうとしている。空間を支配する権能を持つアリシアだからこそ分かる。この転移は脅しでも何でもなく本気だ。このまま放っておけば確実にこの邪竜の複製体たちが島中に解き放たれ、無差別な蹂躙を開始するだろう。そうなってしまえば被害の規模は想像もつかない。

（相手の転移技術の核はあの球体状の装置……それなら！）

アリシアが一直線に駆け込んだ先は邪竜の屍が眠る球体状の装置だ。

これを壊しても転移は止まらない。既にその段階まで術式は作動している。だとしたら、止める方法はただ一つ。

（転移魔法そのものに干渉して、術式を書き換える！）

己の中に宿る『権能』を発動させる。周囲の空間そのものを支配し、瞬時に球体状の装置の解析を済ませる。読み通り転移魔法の起点となっているのはこの球体状の装置だ。つまり、これを止めてしまえば全てが止まる。

装置に触れたアリシアは、即座に『権能』を用いて干渉。無数の球体に対する命令を書き換える。

「ッ……！　くっ……うううぅぅうううううッ！」

いかに『空間支配』の権能を持っているアリシアといえども、無数の転移魔法を同時に制御するのは膨大な負荷がかかる。全身を引き裂かれるような、頭が今にも焼き切れそうな激痛が走る。歯を食いしばり、膝をつきそうになっても、意識だけは絶対に手放さない。

（だって……むざむざ攫われちゃって、その上ただ何もせず囚われているだなんて……カッコ悪いもの……！）

心の中に浮かんだ顔は、愛しい人のもの。

無様な姿は見せたくない。せめて精一杯、力を尽くした姿を見て欲しい。

ずっとそうだった。魔界で、魔王軍で、人間という身でありながら精一杯力を尽くしたリオンに恥じない主でいたかった。彼の前に堂々と立てる自分でいたいと思った。

だから、

（だから………！　こんなところで、挫けるわけにはいかない――――！）

アリシアの強い意思を秘めた『支配』の力が、強引に転移魔法の術式を書き換えた。

島中に転移される寸前だった邪竜の複製体たちが沈黙し、転移が中断される。

「ッ……ハァッ、ハァッ、ハァッ………！」

がくん、と身体が糸の切れた人形のように力尽きる。

起点となる核から一括で行ったとはいえ、無数の転移魔法に対する術式の書き換えはアリシアに途方もない負担をかけていた。魔力も完全に底をついている。

「見事だ。君の『権能』をもってすれば、成し遂げてしまうと思ったよ。私の目論見通りに、な」

「あっ………!?」

アリシアを攫った時と同じ、黒い影がアリシアの身体に巻き付き、拘束する。

「魔力も気力も尽き果てた今の君に、抗う力は残っていまい？」

「ッ……その、ために……………！」

そのために、敢えて転移魔法を起動させてみせた。島を護るためにアリシアが身を挺して止めると読んでいたからだ。

「君が厄介な生徒であるということは、存分に見せてもらっていたからね。お優しい姫君で助かったよ。僅かな手間で、容易く君を無力化することが出来た」

為す術もなく、アリシアの身体は影によって、邪竜の屍が眠る球体状の装置に放り込まれてしまった。残る力を振り絞って転移魔法を発動させようとするが、装置の内部は空間が歪曲しているせいか転移することが出来ない。万全の状態ならば強引に突破できるが、今のアリシアには不可能だ。

「『権能』保有者のサンプル兼、新たな核の確保。素晴らしい。一度に二つも果たすことが出来るとは。おかげで、この邪竜の屍もより有効に活用することが出来そうだよ」

「ッ…………！」

やられた、と思った。この場に誘い出された時点でアリシアを捕らえるだけの策は詰められており、まんまとその通りに踊ってしまった。

紛れもない敗北。たとえそれが、卑劣な罠による結果であったとしても。

「りお、ん………」

意識が掠れる。薄れてゆく。

最愛の人の名を口にしながら、アリシアの意識は闇に落ちた。

☆

――――夢を見ている。

それが幼い頃の夢だとすぐに分かった。だって、わたしにとっては大切な思い出だったから。

旅行先の人間界。今思えば、『空間支配』の『権能』がまだ不安定だったせいかもしれない。わたし自身でもコントロール出来ないでいたその力で、見知らぬ場所に転移して、迷子になっていた。

誰にも見つけてもらえないかもしれない。そんな恐怖に怯えて、震えていることしか出来なかった。

「ひめさまがどこにいたって、ぜったいに見つけだしてみせますよ」

リオンがくれたその言葉が、どれほど嬉しかったか。

その言葉が、わたしにどれほどの勇気と安らぎをくれたのか。

「なら……ぜったいに、なにがあっても――――リオンが、わたしのことを見つけてね」

「はい。どこにいようと、かならず見つけてみせます」


――――夢が覚める。


「ん…………」

意識が戻る。身体の調子は最悪。囚われの身であることは何ら変わらない。

魔力は大して回復していない。わたしを囚えているこの球体状の装置が魔力を吸収しているせいだ。感覚からして既に数日が経過しているみたいだけど、具体的な日数までは把握できない。

「気分はどうかね？」

「まあまあよ」

わたしの返答が気に入らなかったのだろう。

声の主は、ここに来て苛立ちを微かに見せた。

「……自分の状況を理解しているのかね？」

「囚われのお姫様でしょう？　わたし好みじゃあないけどね」

男は、今度は露骨に苛立ちを顔に見せた。思い通りの反応を見せなかったことによるものなのだろうが、それがわたしにとってはちょっぴり愉快だ。

「残念だが、助けはこない」

「来るわ。絶対に」

それだけは確信があった。

「リオンは必ず来てくれる。わたしを見つけてくれるって信じてる」

「ハッ！　とうとう頭までおかしくなったか？　現実逃避をしているところ悪いがね。貴様の末路は実験動物だ！　助けが来ることなど未来永劫ありえない！　欠片程の希望も捨てろ！　絶望に染まれ！　無様に醜く許しを請え！」

確かに状況は絶望的かもしれない。ここで相手の言う通り、無様に醜く許しを請うのが正解なのかもしれない。涙でも流してやれば、さぞ気分よくしてくれることだろう。

だけどそんなことはしてやらない。何があっても、絶対に。

殴られようと、蹴られようと、踏みにじられようと。手足をもがれたって。

泣いてなんかやらない。絶望に染まってなんかやらない。

だって信じているから。リオンが、わたしの王子様が来てくれるって。

「お断りよ。しくしく泣くだけのお姫様をお望みなら、他を当たりなさい」

「よほど命が惜しくないと見える。ならば望み通り、自ら死を求める程の痛みを与えてやろう」

男の顔が嗜虐《しぎゃく》的な色に染まる。人を弄《もてあそ》び、痛めつけることを至上の喜びにしているような。

何があっても屈しない。そう覚悟を決め、相手を睨みつけてやったところで――――、

――紅蓮の焔が、空間の扉をぶち破った。


……ほら、やっぱり来てくれた。

「――リオン。わたしの、王子様《リオン》」

第十四話　少年は拳を構えて立ち向かう

ノア様やマリアの助けを受け、俺は階段を駆け上がっていく。

振り返りはしない。ここで振り返ることは彼らを侮辱するに等しい行為だ。

ひたすら走り、登った先。重苦しい扉の前に辿り着いた俺は、逸る気持ちを抑えて呼吸を整える。

感覚を研ぎ澄まし、不意打ちにも対応できるように態勢を整える。ここでくだらないミスを犯せば、それこそノア様とマリアの思いを無駄にすることになる。

「…………いくぞ！」

俺は焔を滾らせ、拳で扉を殴りつけてぶち破ると、その勢いのままに部屋に飛び込んだ。

途端に空間が震動しているような感覚に襲われ、酔いが込み上げてきた。空間の上下がデタラメになったような錯覚を起こすが、幸いにしてそれはすぐに収まった。この場の空間は相当不安定になっているらしい。見事なまでに空間の拡張と構成を行っていた下の階層とはまるで正反対だ。

更に驚くべきは、周囲に浮かんでいる数々の球体。その中に、俺たちを襲った物と同じであろう邪竜の複製体が眠っている。

「まったく、使えない男だ。プロだのなんだのと名乗っていたが、子供一人の始末も出来んとは」

苛立ちの混じった声でため息をついたのは、一人の男性だ。

聞き覚えのある声。いや、俺は知っている。この声を聞いたことがある。

「………ナイジェル先生」

「先生、か。貴様の目はとても『先生』に向ける類のモノではないが？　いや、それとも初めから私のことを疑っていたのかね？」

「生憎、謎解きは苦手でしてね。誰が敵だったとしても、迷いなく拳を振るう覚悟は決めていました。それだけです」

「フンッ。子供にしては大した覚悟だ。煩わしいほどにな」

「お喋りをしに来たんじゃない。姫様はどこだ」

これ以上御託を重ねるつもりはない。

威嚇を込めるつもりで焔を滾らせると、ナイジェルはそれを見て苛立ちを露わにしながら視線を背後に向けた。

そこにあったのは球体状の装置だ。元は巨大な何かを収める為のものなのだろう。やけに巨大な球体の中に、俺の大切な人がいた。

「姫様！」

よかった。生きていた。まずはそのことにホッとする。だけど、状況が改善したわけではない。姫様の魔力が尽きかけているほどに消耗している。一刻も早く助け出さなければならない。だとすれば俺のやるべきことは一つ。

（まずはあの装置をぶっ壊して、姫様を救う！）

やるべきことを定めた俺は、球体状の装置に向けて走り出した。

空間が拡張されているせいか思ったより距離はあるが、全身に纏った焰による加速は俺にあっという間に距離を詰めるだけの速度を齎してくれる。だが、そんな俺の行く手を天から降り注ぐ禍々しい黒炎が遮る。

「オオオオオオオオオオオオオオオッ！」

空間そのものを蹂躙するかのような咆哮と共に、漆黒の巨体が舞い降りた。

「邪竜!?」

この威圧感。前回現れた偽物とは違う。今度は紛れもない本物だ。

気になるのは全身が既に傷つき、ボロボロになっているという点。まるで屍のようだ。

いや、実際に屍を強引に動かしているのか？

「ガアッ！」

大きく開いた邪竜の口から、漆黒に染まった火炎が吐き出された。

「ハハハハハッ！　ただの炎と思うなよ！　邪竜が吐き出す火炎は呪いにも等しい！　遍く命を拒絶し灰に変える、死の黒炎だ！」

ナイジェルは歓喜の声が如く叫ぶが、それがどうしたと、俺は心の中で吐き捨ててやる。そんなものは俺が立ち止まるための理由には一切ならない。

拳に集めた焰を突き出し、黒炎を貫き流す。姫様が扱う炎に比べれば、生ぬるいぐらいだ。そのまま引き千切るように炎を払うと、邪竜の屍は再度咆哮を上げ、巨大な爪を振り下ろしてきた。俺は脚に焰を纏い、その巨大な爪を蹴り上げる。

「――――邪魔だ！　失せろッ！」

ぐらりとバランスを崩した隙を突き、一気に跳躍。拳に纏った焔を闘志と共に滾らせると、そのまま邪竜の頭部に勢いよく叩き込んだ。

「グオオオオオオオオッ…………！」

邪竜の屍はそのまま沈黙し、巨体が倒れ伏した。

俺を鍛えてくれたのは魔王軍四天王の方々。かつての戦争では邪竜と戦い、打ち破ってきた正真正銘の英雄たちだ。ただの屍を動かしたところで、相手になるわけがない。

「バカ、な……出来の悪い複製体などではない……オリジナルの邪竜だぞ……!?　屍とはいえ、数千の兵を一瞬にして焼き尽くすだけの力を持った邪竜を、容易く蹴散らすだと!?　ありえんッ！」

睨みつけてやると、ナイジェルが一歩後ずさる。どうやら今の邪竜が切り札だったらしい。

「ぐっ………！　ガキの分際で……！」

追いつめられたように懐から布に包まれた『何か』を取り出したナイジェルは、言葉通り忌々し気に顔を歪めると布を解いていく。彼が手にしていた『何か』。ソレは、肉片だった。ドクン、ドクンとさながら心臓のように鼓動を刻んでいる。

ナイジェルはソレを見て汗を浮かべており、俺には彼が、懐から取り出したその『何か』に対して怯えているような印象を受けた。その正体は定かではないが、俺の直感がアレが危険なモノだと警告している。

「貴様なんぞに、許しを請うぐらいならば……！」

「ッ……！　させるか！」

拳を突き出し、焔を放つ。紅蓮の焔が着弾する寸前、俺の目に映ったのは覚悟を決めたように肉片を喰らったナイジェルの姿だった。

激しい爆炎が巻き起こる。その中で、禍々しい魔力が渦巻いていることを感じた俺は、すぐさま拳に『焔』を纏い接近した。

(向こうが何かする前に、速攻で叩き潰す！)

より強力な焔を集め、拳をナイジェルに直接叩きつけて炸裂させる。

「なっ……!?」

硬い感触。俺の拳は、『何者か』の掌によって受け止められていた。彼の纏う黒炎が、俺の拳の焔と渦巻き、鬩《せめ》ぎ合っている。

「素晴らしい。実に素晴らしい！　これが……これが、竜人の力というものか！」

爆炎が晴れる。中から姿を現したのは、異形だった。

頭には竜が、全身には漆黒の鱗が、背中には翼が、手足には爪が。それはまるで、邪竜が人の形を成したかのような姿。

「邪竜の……竜人《ドラゴニュート》……!?」

竜人《ドラゴニュート》とは文字通り『竜の力を持った人』だ。人間型のドラゴンといってもいい。一説では、人間が他の種族に対抗する為に秘術を用いて竜の力を身に宿らせた姿ともされている。そうだ、アレド兄さんから習ったことがある……その秘術には、竜の心臓を取り込むことが必要だと。

つまりあの肉片は、邪竜の心臓だったということか。

「ハハハハハッ！　丁度いい！　貴様の命を用いて、邪竜の力の実験と行こうじゃあないか！」

竜人《ドラゴニュート》と化したナイジェルの身体からは先ほどの邪竜とは比べ物にならない威圧感が解き放たれ

ている。力を得た高揚感からか、その顔には歓喜の笑みが滲み出ている。

「お前の実験なんかに付き合ってられるか！」

拳の焔を更に滾らせ、今度は拳による連撃を叩き込んでいく。さしもの竜人《ドラゴニュート》のボディといえども、『権能』によって生み出された焔を何度も受け切れるものではない。

「おおおおおおおおッ！」

竜の力を人間サイズにまで凝縮した竜人《ドラゴニュート》の力は確かに強力だ。しかし、その力を扱うナイジェル本人は、肉体を用いた戦闘に不慣れなのだろう。動きが明らかに硬い。それもそうだ。元々は研究職だったナイジェルが、こうした肉体を用いた戦闘に慣れているとは思えない。戦闘が不得手だったからこそ黒マントを雇い、自らを竜人化させ力を得るという道を選んだ。

彼にとって唯一の誤算は、竜人の肉体にダメージを与えることが出来る『権能』の焔を、俺が有していたということだ。

「チッ！」

口から漆黒の火炎を吐き出し、至近距離からの不意打ちを狙うナイジェル。俺からすれば予備動作が大きすぎる。簡単に火炎攻撃を先読みすることが出来た俺は身を捻ってギリギリのところで火炎を躱すと、脚に焔を纏う。

「……らあッ！」

回避の勢いそのままに、ナイジェルの腹部に思い切り蹴りを打ち込む。

紅蓮の焔が派手に炸裂し、竜人の身体が吹き飛び、地面に叩きつけられ転がっていく。

「グッ……おッ……!?」

ナイジェルは確かに竜人となった。だが、その力を我が物にしたわけではない上、戦闘経験も乏しいが故の結果だ。

「これで、終わり――――」

倒れ伏すナイジェルに向けて拳を振り下ろす――――

「ッ…………!?」

――――焔が、消えた。

俺の全身に纏っていた『権能』の焔が、焼失した。同時に身体中から力が抜け、膝をつく。

何が起きた？　ナイジェルの仕掛けた罠か？　……いや、違う。これは、

「魔力切れ……!?」

俺が捨てられた原因。魔力量の少なさ。

ましてや『権能』の魔力消費量は莫大だ。

俺では五分しか使えない力。……いや、それにしたってまだ五分も経っていないはず。竜人《ドラゴニュート》の持つ鱗の装甲を突破するべく火力を無理に上げたせいで、魔力の消耗が早まったのか？　何にしても、まずい……！

「それが貴様の限界らしいな」

竜の瞳が爛々と輝き、顔は捻じれたように嗤う。

ナイジェルは俺の拳を軽々と払い、続けざまに重く鋭い膝蹴りを打ち込んできた。

「がっ……！」

俺の身体は容易く吹き飛び、地面に叩きつけられながらボールのように転がる。

痛みが全身を苛むが、俺は何とか立ち上がった。それを見たナイジェルはニタリと、嬉しそうに顔を歪める。

「そうでなくては」

「そりゃ……こっちの、セリフだ……！」

魔力は尽きた。焔も消えた。今は権能を行使することが出来ない。

それでも逃げるなんて選択肢はない。俺は敵を前に、拳を構えた。

☆

迫りくる無数のゴーレム。人間の頭蓋など簡単に握り潰せるであろう岩石の拳を、ノアは鮮やかに躱す。駆け抜けざまに、白銀の輝きを纏う刃を振るいゴーレムたちを両断していく。

彼が持つ『団結』の権能により生まれる白銀の輝きによって強化された魔力を纏い、ノアは跳躍する。眼下に映るゴーレムの軍団に対し、淀みなく魔力を刃に乗せて、冷静かつ確実に無数の斬撃を解き放った。

刃の五月雨が土の人形たちを切り刻むと、ノアは優雅に着地してみせる。

この『楽園島』にも警備用のゴーレムが運用されている。それですら鋼鉄を拳で砕いてみせるほどのパワーを有しているが、目の前のゴーレムたちはその倍以上の性能を誇っている。それでも、『団結』の権能を発動させたノアの足元にも及ばない。それほどまでにノアの持つ戦闘能力は高い。

「――――『目標』『の』『解析』『完了』」

「興味深いですね。私の解析結果とやら、是非とも教えて欲しいものです」

「『対応』『魔法』『一斉』『展開』……『遠距離』『魔法』『による』『殲滅《せんめつ》』『を』『開始』『します』」

司令塔ゴーレムは腕を杖のような形状に変形……否、形成すると、大量の魔法陣を展開していく。

その全てが遠距離から攻撃する為の魔法ということを、ノアは一瞬にして理解した。

「なるほど。剣を武器として戦う私に対して、遠距離から圧倒的な量による攻撃で押し潰すつもりですか。シンプルですが良い手です」

「『術式』『解放』……『一斉』『発射』」

「瞬時にそれだけの魔法を展開し、寸分の狂いもなく制御している。この島にあるゴーレムの中では、間違いなくトップクラスの性能でしょう」

迫りくる数多の閃光に対し、ノアは余裕の笑みを保ったまま走り出した。

そのまま己の身に到達する軌道上の閃光だけを的確に、斬り裂き進む。切断された魔法は魔力の欠片となって舞い、ノアの周りを彩っていく。

「この程度ですか?」

閃光の弾幕を突破したノアは、ゴーレムの反応を待つ前に杖を斬り飛ばす。

「『遠距離』『魔法』『の』『効果』『無し』……『第弐』『パターン』……『ブレード』『展開』」

もう片方の腕に今度は刃を形成し、ゴーレムは豪快に斬りかかる。ノアはそれを真正面から受け止め、二つの刃がぶつかり合った。

「近距離の攻撃にも対応するとは中々に優秀ですね」

ゴーレムは人間ではない。つまり、人体には不可能な動きを可能とする。

「『殲滅』『殲滅』『殲滅』『殲滅』『殲滅』『殲滅』」

上半身を捻じり、嵐のように回転しながら刃を振るう。迂闊に触れてしまえば一瞬にして人肉を削り取るその暴威に対し、ノアは迷いなく突っ込んだ。

「あまりに遅い」

ノアとゴーレム。二つの影が入り混じり、すれ違い、静止する。

「――――『ブレード』『破損』」

次の瞬間。一刀両断されたゴーレムのブレードが、床に突き刺さった。

「『目標』『の』『戦闘』『能力』『値』……『計測』『不能』……」

「確かに性能は優秀ですが、貴方には一つ致命的な欠陥があります」

流麗なる白銀の輝きが迸し、刃に、全身に、隅々まで行き渡る。

両腕を失い、激しい損傷を負った今のゴーレムに、ノアの攻撃に反応できるだけの余力は残されていなかった。

一閃。

刹那に煌めく白銀が、土人形の身体を真っ二つに断ち切った。

「私の全てを解析したなどと宣言する、その傲慢さですよ」

ノアの言葉と共にゴーレムは物言わぬ土塊と化し、爆炎に呑み込まれた。

☆

マリアの中にかつて存在していた記憶は、『首輪』の影響で一部が消去されている。

しかし、それでも。己が培ってきた戦闘技術に関しては身体に染みついている。マリア自身も驚くほど身体が自然と動く。

淀みない動きで豪快に鉄球を黒マントに向けて振り下ろすが、相手は余裕とでも言いたげに躱してみせた。

「そんな大振りが当たると思うな」

「思っていませんよ」

鎖を伝い、鉄球に魔力を流すと武具の仕掛けを起動させる。鉄球が爆ぜ、内部から一斉に小型の刃が飛び出した。刃の爆弾に黒マントの男は舌打ちをしながら手にしていた剣で薙ぎ払う。直後、マリアは黒マントの背後に回り込んでいた。

マリアが服の隙間から取り出した剣の一撃に対し、黒マントの男は薙ぎ払いの動作による勢いを利用して回転し、背後の刃を受け止めてみせる。

「……背後をとったのは、仕返しのつもりか？」

「ええ。借りは返す主義なので」

「相変わらず負けず嫌いな奴だ」

言葉を交わし、刃を交える。

記憶はなくとも戦う理由はマリアの中に確かに存在しており、そのために刃を解き放つことに躊躇いも無い。

鎖を投げつけ、相手の持つ剣に巻き付ける。

舌打ちをしながら、黒マントはすぐに剣を手放した。直後、巻き付いた鎖から雷が迸り、剣を包み込む。仮に黒マントの男が剣を手にしていたままだとしたら、そのまま雷が彼の身を焼き尽くしていたことだろう。

「チッ！」

（やはりこちらの手は読まれていますね）

黒マントの男はマリアの手の内を知っている。暗器使いであるマリアは全身に武器を隠し持っており、その武器にも魔法を発動させるための術式を組み込んである（その性質上、リオンはまさに敵としては最悪の相性だったといえる）。それによる変幻自在かつ相手の不意を突ける手数の豊富さこそがマリアの強みだが、手の内が知られている以上その強みは薄れている。

（しかし、それは向こうも同じ。姿を化けるという能力は確かに厄介ですが、この一対一の状況ではその強みを生かしにくい）

黒マントの男が持つ最大の強みは変化の能力だが、それを補ってあまりあるだけの戦闘技術を有しているのが厄介なところだ。加えて、マリアは全身に仕込んだ幾つもの武具を吐き出し、弾かれた物が地面に散らばっているが、未だに有効な一撃を与えられていない。

当然のことながら手持ちの武器は有限だ。こちらの手持ちの数も把握していると考えた方がいい。

（もう武器が尽きる。……恐らく相手は、次に勝負を仕掛けてくるはず）

「さて……そろそろ決着をつけようか？」

視界が、焔に染まる。敵がマントの内側から取り出した球体を地面に叩きつけたことによって生じた爆発だった。

「くっ……！　こちらのお株を奪ってくれますね……！」

暗器に仕込んだ防御術式を起動させて身を守る。爆炎によるダメージは最小限に抑えられたものの、黒マントの姿を見失ってしまった。視界が晴れた時、当然そこに敵の姿はない。

勝負を仕掛けに来た、とマリアは直感で理解する。

感覚を研ぎ澄ませながら周囲への警戒を最大限に高め、短剣を握り締めて必ず来るであろう敵の奇襲に備える。

「…………上！」

剣を振りかぶった状態の黒マントが上空から落ちるように迫ってくる。

身体が反応し一斉に懐から新たに取り出した無数の短剣を投げ放った。刃が突き刺さり、黒マントの身体が破れ散った。まるで人の形に膨らんだ風船がはじけ飛んだかのように。

（化けの皮だけ!?　本体は――――！）

視界の外からの殺気。身体の反射に従い視線を向けると、マリアの近くに在った木の皮がズルリと剝がれ、中から黒マントが飛び出していた。

「ッ……！　しまった、人以外にも化けられるだなんて……！」

「フッ。記憶を消去されていなければ結果も違っただろうがな」

命を刈り取らんとする剣が迫る。マリアは咄嗟に手に持っていた短剣を投げつけるが、黒マントはそれを簡単に弾き飛ばした。

「今の悪足掻きでお前の武器は尽きた！　その命、今度こそ頂く――――！」

彼の言葉通り。

たった今投擲《とうてき》した短剣を最後に、マリアの持つ武器は尽きた。

まさに丸腰。体術にも秀でているマリアではあるが、黒マントの持つ戦闘能力に太刀打ち出来るとは本人も考えていない。ましてや相手は武器である剣を手にしている。このまま立ち向かったとして、確実に殺されて、それで終わりだろう。

「悪足掻き？　いいえ、とんでもない。私のは貴方を倒すために放った、逆転への一手です」

マリアが投擲し、黒マントが弾き飛ばした短剣が、光を放つ。

事前に魔力を込めていた刃が煌めき、その周囲に結界を高速展開。指定された領域に、魔法の壁が構築されていく。

「うっ……!?」

黒マントはこの意味に気づきマリアに剣を振るうが、刃は結界によって遮られた。既に彼の周りは結界によって覆われていたのだ。

「貴様……！」

「その結界は私の自信作でしてね。生半可な攻撃では破れませんよ。まあ、リオン様には逆に利用されてしまいましたが」

「アリシア・アークライトを暗殺する際に使用した結界術式か……だが、それがどうした。閉じ込めたところで、武器も尽きた今の貴様に何が出来る」

「確かに手持ちの武器は尽きました。ですが、それは大した問題ではありません。……武器なら幾らでもあるではないですか。貴方の足元に」

黒マントの顔が凍り付いた。彼は気づいたのだろう。これまでの戦闘でマリアがなぜ、武器を投擲しながら戦い続いていたのかを。それは敵に弾かせ、躱させ、辺りに武器をまき散らすためだ。

「貴方はご存じかもしれませんが、私の武器には魔法の術式が組み込んであります。起動させるための条件は幾つかありますが、その内の一つは魔力を流し込むこと。……そして、貴方が閉じ込められている結界は私の魔力で形成されている。つまり私の魔力で満ちた空間です」

武器を起動させるためには一定の魔力を流し込むことが必要となる。

その魔力も溜まる頃合いだ。それはまさに導火線に火のついた爆弾であり、この結界という密閉空間から短時間で脱出することも不可能だ。

「ッ………！」

「では、ごきげんよう」

閉じ込めた結界の内部に激しい光が迸る。

学園の裏で暗躍し幾多の争いを生み出してきた男を、逆転を齎す雷が焼き尽くした。

第十五話　決着

繰り出された拳は、ただ力任せに振るわれたもの。きっとイストール兄貴なら素人のものだと評するような、そんな一撃だ。しかし竜人が持つ人外の膂力《りょりょく》が合わさり、立派な武器となっている。

「かはっ……！」

避けることも出来ずに、俺の腹部に重い一撃が突き刺さる。フワリと浮いた身体に、鋭い蹴りをお見舞いされ、床に激しく叩きつけられた。腕が震えながらもなんとか立ち上がり、拳を突き出したが、漆黒の鱗は鋼鉄のように分厚い。もう何度殴ったか分からないが、傷一つすらついていない。

逆に俺の拳の方が血に塗れていた。そんな俺を、竜人と化したナイジェルが嘲笑う。

「無様だな。実に無様だ。立ち上がり、立ち向かってくるその姿勢。醜く汚く愚かしい。私が最も嫌悪する類のモノだよ。いい加減諦めて死を受け入れたらどうかね？」

「うる、せぇ………そんなもん……受け入れ、られるか……！」

拳を叩き続けるが、やはり魔力が欠片もこもっていない拳に効果はない。

ただ竜鱗に、俺の拳を染めていた血がついただけだ。何の傷にもなっていない。

「触るな。汚らわしい」

横殴りの拳が頬を打ち、身体が真横に大きく跳ね飛ばされた。

力無く転がり、意識が掠れてゆく。視界も朧げになる中、美しい金色が俺の意識を繋ぎ止める。

それは、球体状の装置の中に囚われている姫様だった。……不思議だ。

こんなにもボロボロで、朧げな視界で、周りもまともに見えないのに。

姫様の姿だけはハッキリと見える。……ああ、初めて見るかもしれない。

あんなにも不安そうで、今にも泣きそうになっている姫様なんて。

(………何やってるんだ、俺は……)

当時、幼いながらに俺は理解していた。

人間である俺がこの魔界で居場所を勝ち取るには、強くなるしかないと。

何度、地に叩きつけられたか分からない。

何度、血反吐を吐いたか分からない。

何度、悔しさに唇を噛み締めたか分からない。

それでも立ち上がってこられたのは、姫様がいたからだ。姫様の傍に在りたいと願い続けたからだ。今もきっと、それは同じだ。

姫様の傍に在りたいと願い続けるのなら、ここで立たねばならない。

(俺は、姫様にあんな顔させるために……ここに来たんじゃないだろ…………！)

脚が、腕が、身体全体が悲鳴を上げている。

立て。立て。立ち上がれ。限界なんか知るか。怪我なんて知るか。いくらでも壊れればいい。後で立ち上がれなくなったっていい。それでも今だけは立ち上がれ。拳を握れ！

「まだ立つか……いい加減、煩わしいのだがね」

「こっちにはまだ、用がある……アンタを叩き潰して、姫様を返してもらって……この島に起きてる種族間の争いも、解決しなきゃならないんでね。付き合って、もらわないと……困るんだよ、ナイジェル先生……」

「フンッ。獣人族と妖精族の対立は、私が仕組んだことだと？」

「……違うのか？」

「いいや？　違わないさ。……むしろ驚いていたのだよ。これから命を絶たれようとしている時に、まだそんなどうでもいいことに拘っているのかとね」

「……一応聞いておくが、なぜだ？　なぜわざわざあの黒マントを雇って、対立を煽って……この島を崩壊させようとするマネをしたんだ」

会話をしながら呼吸を整えていく。無駄な足掻きかもしれない。それでも、少しでも可能性があるなら何だってやってやる。

「私の研究に出資してくれているスポンサーの意向に従っただけだ。研究には金がかかるからな。これだけの設備を揃え、邪竜の屍を入手することが出来たのも金と奴らとの繋がりがあってこそ。おかげで私は『権能』保有者のサンプルを得ただけでなく、進化に至った。実に素晴らしいと思わんかね？」

「はっ……なんだ。もっと御大層な理由でもあるのかと思ってたよ」

「理由などあるわけがなかろう。強いて言うなら私の研究を進めるためだ。その過程で獣人族や妖精族がどうなろうと知ったことではない。むしろ、より被害を大きくすれば報酬が増えるシステムでね。そういった意味では、もっと激しく争ってくれればよかったのだが」

言いながら、ナイジェルは視線を頭上に向ける。警戒しつつも視線を同じく頭上に向けると、そこには大量の球体が浮かび上がっていた。その中の一つ一つに邪竜の複製体と思われる巨体が眠っている。

「竜人と化した今の私の力ならば、アレを島中に転移させることなど造作もない。一度はアリシア・アークライトに阻止されてしまったが、それも今、無駄に終わる。……わざわざ金を積んで、島中に転移用の術式を設置したのだ。使わなければ勿体ないだろう？」

ナイジェルの身体に秘められた魔力が一気に膨れ上がり、頭上に在る無数の球体に一斉に注がれた。空間全体が震動し、鳴動し、激動し――――禍々しい光と共に、邪竜の複製体が消えた。

「はははははははッ！　これもスポンサーの意向でな！　この島は跡形もなく滅ぼしてやろう！」

「盛り上がってるところ悪いが、そう上手くいくと思ったら大間違いだぞ」

「ほう？　よもや貴様に全ての複製体を止める力があると？」

「止めるのは俺じゃない。そんなこと、俺にはできない。だけどこの島には、やがて王となる宿命を背負った『権能』を持つ島主たちがいる。あの方たちが手を取り合えば、お前がいくら出来損ないの邪竜を投げようが、この島はそう簡単には墜ちない」

「愚かな。塔の外に残る王族は獣人族と妖精族の二人のみ。今の奴らに連携することなど不可能だ！　仲違いしている現状で、これだけの物量による奇襲をかけてしまえば一たまりもあるまい！むしろこの邪竜による襲撃すら相手の思惑だと考えるのではないかね？」

高らかに宣言するように叫びながら、ナイジェルは空中に外の様子を映し出す。そこには三体もの邪竜の複製体が街に降り立っており、今まさに蹂躙を開始せんとする姿があった。

「見ろ！　貴様の言葉が、願いが！　いかに愚かな戯言《ざれごと》であったのかを！　その目に刻むがいい！」

邪竜の複製体の口が開く。体内で精製された黒い炎の輝きが今まさに、市街地を焼き払う。その瞬間だった。

「────オオオオォォォォォォォッ！」

全身にオーラを纏った獣人────デレク様が、邪竜の巨体を殴り飛ばした。そのまま二体目、三体目の邪竜に向けて跳躍を重ね、その強靭なる拳で次々と禍々しき漆黒の竜を空中に殴り飛ばしていく。

「ローラ、頼む！」

「言われずとも、お任せあれですわ！」

神秘の光が巻き起こり、妖精の姫君が空を舞う。その後、流れるように三人に分身したローラ様は、空中に打ち上げられた邪竜に向けて一斉に魔力の閃光を叩き込み、爆散させた。

華麗に着地したローラ様は、デレク様と互いに背中を合わせて構えを取る。

「……腕が鈍《なま》っていないようで安心した」

「それはこちらのセリフですわ」

邪竜の咆哮が轟き響く。二人はすぐさま反応し、視線を向けた。

「……色々と言いたいことがありますが、今はこの状況を解決する事が先決ですわね」

「そうだな。これを片付けた後、ゆっくり話し合うとしよう。これまでのこと。これからのことを」

二人は拳を合わせるとそのまま邪竜が蹂躙する場所へと駆け抜けていく。

そこでは獣人族と妖精族が力を合わせながら、街に降り立った脅威に立ち向かっていた。

獣人族に向けられた黒炎を妖精族が魔法で防御し、妖精族が踏み潰されそうになった際には獣人族が巨体を蹴飛ばし助けに入る。

「皆の者、力を合わせよ！　蟠《わだかま》りも、思うところは未だあるだろう！　しかし、この脅威を乗り切らねば我らに未来はない！」

「今だけは、獣人族も妖精族も関係ありません！　共に手を取り合い、立ち向かってくださいませ！」

獣人族と妖精族は互いに連係しあい、邪竜の複製体を次々と叩き潰していく。

彼らだけではない。治安部の生徒たちも一丸となって戦ってくれている。

「……どういうことだ。獣人族と妖精族が連係しているだと!?　貴様、一体何をした！」

「別に俺は何もしていないさ……アンタが全部喋ってくれたんだからな」

告げ、俺は懐から鋼鉄のプレートを取り出した。

「なんだ、それは」

「姫様が開発した魔道具《マジックアイテム》だ。魔力を通して術式を起動させれば、同じプレートを持つ相手に遠隔で声を届けることが出来る。……ようは離れた場所にいる人同士で会話をするための物で、音の大きさも自由に調節出来るんだとさ。ちなみに、有効範囲は学院の敷地内だ」

ナイジェルならば分かるだろう。この魔道具《マジックアイテム》は今、起動状態にあると。

「ノア様にお願いして、治安部の人たちに声の大きさを増幅する為の術式を急いで用意してもらったんだ。アンタの御高説が、学院から島中に響き渡るように」

「虚言だ……この塔は空間魔法によって歪められている！　そんなものが外に通じるはずがない！」

「姫様を閉じ込めているほどの力を持ったあの装置の中ならともかく、この塔の内部ぐらいなら有効なんだろうよ。そもそもこれを作ったのは、『空間』を支配する権能を持ったお方だ。それぐらいの対策はされているさ」

元々、盗難対策に色々な魔法を組み込んであると言っていた。これもその『色々な』の一つなんだろう。姫様はとにかく『繋がりやすさ』を重視していたようだし。

「獣人族と妖精族がまとまるためには、あと一押しが必要だった。……感謝するよ。アンタがペラペラ喋ってくれたおかげで、こうして皆がまとまるきっかけが出来たんだから」

「ッ…………！　貴様ァァァァァァッ……！」

漆黒の炎が渦を巻き、暴力的なまでの魔力が吹き荒れる。

「貴様の存在は実に不快だ！　不愉快だ！　失せろッ！　消えろッ！　灰と成れッ！」

黒炎が解き放たれ、襲い掛かった。今の俺にアレを凌《しの》ぎ切るだけの力は残されていない。

それでも逃げない。まだ死ぬわけにはいかない。俺にはまだ、やらなければならないことがあるのだから。

顔を上げる。前を見る。拳を握る。決して逃げないという明確な意志を込めて前に踏み出し、拳を突き出した。身体の内に僅かに残った魔力を絞り出すが、瞬く間に塵と消える。

「それがッ！　どうしたぁぁぁぁあああああああああッ！」

漆黒の炎が拳を焦がす。刹那、光が弾けた。チリチリと、拳と炎の狭間で光が踊る。徐々に力強さを獲得していくそれは、やがて白銀色の煌めきを顕現させた。

「おおおおおおおおおおおおおおおおおおおおおおおおおおおッ！」

一歩、進む。一歩、前に行く。それから一歩、また一歩と、俺は歩みを進めていく。

白銀の煌めきは俺の想いに呼応するかのように強大になり、既に限界を迎えていたはずの魔力が増大していく。白銀は紅蓮となり、光は焔となり、俺の身体に、拳に宿る。

そのままの勢いで拳を振るい、俺は竜人の黒炎をかき消した。

理由は定かではない。だけど……魔力が戻った。いや、増えたのか？　長くはもたないことに変わりはないが、これならまだ戦える。

それだけを確信した俺は、焔を滾らせ地面を蹴る。流れるように叩き込んだ拳は、反射的に腕をクロスしてガードされてしまったが、それでも竜人の身体を後ろにズラすだけの威力を持っていた。

「バカな……貴様の魔力は、とうに尽きていたはず……！」

「理由なんてなんでもいい……お前を叩きのめすだけの力があれば、なんだって！」

叫ぶ。打つ。叩き込む。焔を滾らせた連撃にナイジェルは仰《の》け反《ぞ》るが、すぐに対応してきた。カウンターのように拳を合わせ、激突する。恐らく、邪竜の肉体に適応してきているのだろう。徐々に動きに硬さが取れてきている。

（だったら……速く、もっと速く動けばいい……！）

全身の焔が激しく揺らめき、視界が移り替わる速度が増した。それでも俺は倒すべき敵の姿だけは見失わない。背後を取り、それにナイジェルが反応してもガードしようとする腕を弾き上げた。

そのまま無数の拳を連続で叩き込む。

「図に乗るのも、そこまでだ……！」

炎が、爆ぜる。

何が起きたのか、一瞬分からなかった。炎の色に視界が染まる中、狭間で全身を焼け焦がしたナイジェルの身体を捉える。どうやら彼は、自爆覚悟で全身から一気に魔力を爆発させたらしい。生じた一瞬の隙に、ナイジェルの身体から、生きているかのように蠢く炎が解き放たれ、俺の身体を捉えた。かろうじて全身の焔によって防御する事が出来たが、身動きが取れなくなってしまった。

拘束を振り払おうにも、増えた分の魔力も尽きかけている。防御だけで手いっぱいだ。

「このままじわじわと焼き焦がし、灰にしてやろう……！」

「くっ………！」

あと少し。何か、きっかけがあれば。

拘束から抜け出そうと何とか足掻き――――直後、ガラスが砕けるようなけたたましい音が、空間に響き渡った。

☆

デレクの拳が、十数体目の邪竜を叩き飛ばす。

街のあちこちでは獣人族と妖精族、学院の生徒や島の防衛を担っている騎士たちが戦っている。

それでも未だ、暴威の嵐が止むことはない。

周囲にはまだ邪竜という名の脅威に満ちている。

「キリがないな」

「まったくですわ。これではこちらが消耗するばかり」

互いに背中を合わせながら、視線だけは目の前の敵に集中する。

「こちらの体力は有限……対して向こう側は、無数に湧いてくるときた」

「急造の連合軍である分、指揮もこのまま保つかどうか……突破口を開く必要がありますわね」

咆哮と共に解き放たれた黒炎。どちらかが声をかけることもなく、まったく同じタイミングで跳躍して回避する。どこか懐かしい、心地よいシンクロに思わず笑みが零れた。

(昔を思い出すな。あの頃は、ただ真っすぐに、前に進んでいた気がする)

あの頃に進んでいた道は、険しくとも真っすぐではあった。

それがいつから、道が複雑になってしまったのか。

(あの日から、オレの時間は止まったままだ)

魔法の暴発。己の未熟が招いた事故。

それは明確に、デレクの中に負い目として残っている。

リオンやアリシアによって己の心を剝き出しにされた後も、最後の一歩を踏み出せずにいた。

まだデレクの時間は動いていない。動き出すための最後の一押しは、自分の手で押し出すべきだ。

「……ローラ、覚えているか。あの魔法を」

デレクが何を言わんとしているのか。

それが理解できないほど、ローラは鈍くはない。

「ええ。忘れるはずがありません。己の過信が招いた失敗を、忘れるわけがないでしょう」

その言葉に、デレクは目を丸くする。

デレクにとって、あれは自分のミスによる事故だと考えていた。ずっとそうだと思っていた。だけどそれはローラも同じだったようで、彼女もあの事故をずっと自分のせいだと思っていたのだ。

――――結局のところ。

デレクが何よりも恐れていたのは、自分がローラを傷つけてしまったという事実。悪友とも呼ぶべき間柄だった彼女から恨まれることが、何よりも恐ろしかった。怖いと思った。けれど、彼女はそんなことを微塵も考えていなくて。

たぶん、ローラも同じことを考えていた。ローラを責めることなどありえないのに。恨むことなど、ありえないのに。きっと彼女も、同じように怯えていたのかもしれない。

（まったく……似た者同士だったということか）

笑みが綻ぶ。力の抜けた、真っすぐに道を突き進んでいた頃の笑み。

「なんですの。今、笑う状況ではないでしょう？」

「ああ、そうだな……腹の底から笑うのは、これが終わった後だ」

拳を握る。オーラが滾る。

覚悟は決まった。決意もだ。

「獣人族と妖精族の和解を願い、共に開発したあの魔法……今こそ、使う時だ」

「……ええ。ワタクシも、同じことを考えていました」

「自信はあるか」

「愚問ですわね」

それさえ聞ければ、十分だった。

言葉はいらない。互いに魔力を高める。

デレクは獣闘衣《オーラ》を。

ローラは神秘なる輝きを。

互いの権能から溢れる膨大なエネルギーを混ぜ合わせる。

途端、荒れ狂う力の奔流が、負荷となって二人に襲い掛かる。

「くっ……！」

「うぅっ……！」

幼少の頃は、二つの権能が持つこの力の嵐とも呼ぶべき勢いを抑えることが出来なかった。

しかし、今は違う。心も、身体も、知識も。全てが揃い、研鑽《けんさん》されている。

「やれるか、ローラ！」

「いつでもどうぞ、デレク！」

デレクは右腕に。

ローラは左腕に。

二つの権能から齎される力の奔流を、完璧に制御する。

握った拳を、タイミングを完全にシンクロさせて。

邪竜の群れめがけて……突き出す！

「「――――貫けッ！」」

放たれしは、決意と覚悟の具現たる一撃。

禍々しき脅威を穿つ光輝の槍。

邪竜がカウンターに放った黒炎の悉くを光の槍が斬り裂き進み、眼前に群がる邪竜を一撃のもとに貫いては消し飛ばした。

この時、デレクの中に在った暗雲が晴れたような気がした。

それはきっと気のせいではない。

過去の傷を乗り越えたという、確かな手ごたえ。

「……油断はするな！　まだ敵は残っている！」

叫ぶ。それは、己にも言い聞かせる為のもの。

歓喜に打ち震えるのは、後だ。

「この勢いに乗り、邪竜を掃討しましょう！」

士気が高まるのを感じる。連合軍の中に勢いが戻ってきた。

しかし、まだ油断が出来る段階ではない。

この勢いが落ち着く前に、邪竜を掃討しなければ後がないのだから。

☆

「ッ……!?　デレク、あれを！」

ローラに促され、視線を向けた先。

――天空から、四つの光が舞い降りた。

リオンの身体から解放されたように放たれた、白銀の輝き。

わたしは王族として、『権能』を持つ者として理解した。

あれが何の光であるのか。あの輝きを、わたしは知っている。

デレクとの戦いでリオンの身体に顕現したあの焔。イストールとネモイの力を融合させて生まれたあの焔も、『団結』の力によるものだ。

「…………『団結』の、属性……」

きっと『支配』の権能を与えられたことで、『団結』の属性に変化が起きたのだろう。

尽きたはずの魔力が増えたのも、『団結』の属性の効果である『魔力強化』によるもの。

……どうしてノアが苦手なのか、分かった気がした。

いつかきっと、リオンを取られちゃうと思ったからだ。

わたしの手の届かない遠い所へと、リオンを連れていっちゃうと思ったから。

「バカね、わたし…………」

リオンはこんなにも、わたしのことを想ってくれているのに。

ボロボロになってまで、死にそうになってまで、助け出そうとしているのに。

「リオンを取られちゃうだなんて。いつものわたしらしく、ないわよね」

取られちゃうなら、取られないようにしちゃえばいい。

リオンを抱きしめて、ぎゅっとして……ううん。その前に、リオンの主として、ちゃんとしなくちゃいけない。

「囚われのお姫様みたいな、情けない姿。これ以上、リオンに見せたくないわ」

自分を閉じ込めている、透明なガラス玉を彷彿とさせる、球体の檻に触れる。

伝わってくる感覚からしてきっと、鋼鉄のような強度があるだろう。

体内に残っている魔力をかき集め、拳に集約させる。それはいつもと比べて、微々たる量だけど。

そんなの関係ない。必死になってくれているリオンを前にして、無理だなんて言うつもりはない。

「わたしは、リオンを抱きしめなくちゃいけないの」

力を込めて、全力でぶん殴る。

檻の壁はビクともしない。それでも、殴る。殴り続ける。

「わたしは、リオンと一緒にいたいの」

殴る。殴る。殴る。拳が潰れ、血に染まってゆく。ズキズキとした痛みが手を蝕み、足元に血が滴り落ちる。それでも止めない。止めるわけにはいかない。

「だから、」

壁に僅かな亀裂が入った。わたしの拳が真っ赤になるにつれて、生じた亀裂は大きくなっていく。

「だから……邪魔を、するなぁ――――っ！」

ガラスが砕けるようなけたたましい音が、空間に響き渡った。

空いた穴は、そう大きくはない。せいぜい腕一本通せるかどうかというもの。

それでいい。それだけあれば、十分だ。

穴に腕を突っ込み、強引にこじ開けていく。壁の破片が腕を引っ掻き、肌をズタズタに裂いていく。拳どころか腕全体が血に染まるけれど、リオンのことを想うと痛みなんて簡単に耐えることができた。

狙いは漆黒の竜人。外の空間から魔力をかき集め……握った拳を開いて、告げる。

「────ひれ伏しなさい！」

☆

凜とした声と共に、重力がナイジェルを押し潰した。

「ぐ……おおおおおおおおおおおおおお!?」

俺の身体を拘束している漆黒の炎が掻き消え、自由の身となる。

見てみれば、姫様が球体状の装置をぶち破って『空間支配』の『権能』を発動させていた。

右腕は血で真っ赤に染まり、見るからに痛ましいことになっている。

「……無茶しないでくださいよ、姫様………」

相変わらず、うちの姫様はメチャクチャだ。

彼女を傷つけることになってしまった己の不甲斐なさに腸が煮えくり返るが、今は一刻も早く決着をつけねばならない。

「…………姫様は、返してもらう」

「ツッッッッ…………！」

纏った拳が、ナイジェルの顔を捉えた。

抉り込むように振り切ったその一撃は、漆黒の竜人を大きく吹っ飛ばした。

静寂が辺りを包む。ナイジェルが起き上がる気配がない。

自爆による反撃からしてそうだが、向こうも相当に追いつめられていたようだ。

何とか身体を引きずり、既に一部が砕かれた球体状の装置の下へと……姫様の傍に辿り着く。彼女を閉じ込めている装置を、焔を纏った両手でこじ開けた。

「姫様……申し訳ありません。不甲斐ない所を、お見せしてしまいました」

「そんなことないわ。とても格好良かったわよ……わたしの王子様」

「お、王子様って……」

姫様ってたまーに、こういう夢見がちなところがあるというか……いや、ある意味で子供らしいといえば子供らしいのかもしれないけれど。

「……申し訳ありません。姫様の身体に、傷をつけてしまいました」

助け出せはした。けれど、結局最後は姫様のおかげでもあるし、無理もさせてしまった。

彼女の右腕は真っ赤に染まっており、傷に塗れている。

「大丈夫よこれぐらい。わたしは平気」

「それでも、です。……もうあんな、無茶しないでくださいよ」

今度はそんなことをさせないように、強くなるから。

……このザマでは、自信もってそんなことを言えた口ではないので言葉は呑み込む。

「ん。気を付けるわ」

微笑んで。姫様はゆっくりと、手を差し出してきた。

「――エスコート、お願いできるかしら」

「――俺でいいなら、喜んで」

エピローグ

姫様を装置から救い出うと、彼女はすぐに魔法で腕の止血を行った。部屋にあった包帯を借りて、そのまま姫様の腕に包帯を巻きつける。

「すぐにここから脱出しましょう。ノア様やマリアもそうですが、外の様子も気になります」

「………おめでたい、奴だな……」

消耗したことが分かるその声は、ナイジェルの物だ。

身構えたが、魔力の蠢きは感じられない。本当に、喋ることだけで精いっぱいのようだ。

「いくら、獣人族と妖精族が……協力、しようが…………あれだけの、邪竜の複製体を……そう簡単に処理できるわけがなかろう。アレは……この、島を……滅ぼすつもりで、用意した戦力だ…………ククク……」

身体が一切動けなくなったにもかかわらず、ナイジェルは邪悪に嗤《わら》う。

「私の、勝ちだ…………！」

「それはどうかな」

視界に赤いローブが揺れた。

見間違えるはずもない。

魔王軍四天王の一人にして、火のエレメントを司る戦士。

「――――イストール兄貴！」

「うむ。少々遅れてしまったが、駆けつけたぞ」

俺を安心させてくれようとしているのだろう。

笑みを浮かべ、フラついている俺の身体を受け止めてくれた。

「ど、どうしてここに……」

「以前から我々が追っていた魔法犯罪組織と暴走魔物の足取りを追っていたところ、この島に行きついたのだ。賊共はこの島から最新型の武器を入手していたらしい」

兄貴は周囲を見渡し、その表情を確信に変える。

「なるほど。どうやらこの部屋の持ち主……あのナイジェルとやらが武器を製造していたようだな。暴走魔物も、おそらくは竜人化の実験による副産物だろう。それと、島中に響き渡る声は聞いていた。下の階層にいるノア殿やマリアから話を聞いて事情は大まかに把握している。…………よくやったな」

「ありがとう、ございます……！」

嬉しい。兄貴に褒めてもらえたことが、こんなにも嬉しかったことは初めてだ。

「イストール。それじゃあ、外で暴れてる邪竜の複製体は……」

「他の四天王たちと共に、殲滅いたしました」

「そう……ありがとう。感謝するわ」

「お褒めに与り光栄です、姫様」

イストール兄貴はチラリと倒れているナイジェルに視線を移す。

「あの者はこちらで拘束しておきます。姫様は、リオンと共に外の様子をご確認ください。ちょうどここは塔の最上階。外に出れば、学院の様子も一目で確認できましょう」

「そうするわ。いきましょ、リオン」

「あ、はい」

兄貴に礼をしつつ、俺は姫様に連れられて外に出る。塔の最上階にはちょうど外を一望できるスペースがあった。風に頬を撫でられながら景色を眺めていると、獣人族と妖精族の歓喜の声が響き渡ってくる。

「……最初はどうなることかと思いましたけど、これなら何とか任務も果たせそうですね」

「そうね……」

呟いた後、姫様は何かを思いついたかのようにハッとする。

「というか、これはもう任務を果たしたといってもいいんじゃないのかしら。少なくとも、デレクとローラは和解したようなものだし」

「そういえば……そうですね。兄貴から言われたのは、『島主同士の和解』でした」

「そうよね。うん。それじゃあ、これで任務完了ってことよね。うん。オッケー」

うんうんと、姫様は一人で何度も頷く。

「リオン」

「は、はい」

珍しく姫様は何かに緊張しているらしい。頬を赤らめ、深呼吸して……なんだろ、この雰囲気。

なぜかドキドキしてきた……。

「あのね……わたし――――好きよ。あなたのことが、好き。大好き」

「あ、俺もです。姫様のこと、大好きですよ」

「ほ、ほんと？　…………………いや、待って……それって、イストールたちと同じぐらいとかじゃないでしょうね？」

「はいっ！　イストール兄貴も、レイラ姉貴も、アレド兄さんも、ネモイ姉さんも……姫様も含めて、皆さんのことが大好きです！」

「…………………………危うく、手放しで喜ぶところだったわ」

はぁ～……、と姫様は盛大なため息をつく。

「リオン。わたしのリオン。あなた、とても大きな勘違いをしているわよ」

姫様はちょっぴり不機嫌そうで、おまけに俺はジトッとした目を返されてしまう。

「わたしがあなたに言っている『好き』っていうのはね、あなたが思っている意味の『好き』とは違うものなの」

「ち、違う？　それって、どういう――――」

「こういうことよ」

完全に不意を衝かれた。姫様はいきなり俺の制服の胸元を摑んだかと思うと、強引に引き寄せてきた。そのまま姫様の美しい真紅の瞳が近づいてきて……唇に、柔らかい感触が触れた。それがキスだと気づくのに数秒ほどの時間を要した。それぐらい頭が混乱していたし、それだけの時間、姫様の唇が触れていた。しばらく経ってから、名残惜しそうに姫様が離れる。

「………分かったかしら。わたしが言った、『好き』の意味」

「わ、分かりました……」

「じゃあ、もう一度言うけれど……好きよ、リオン。大好き」

愛らしい笑みを浮かべる姫様の言葉に。

俺の気持ちは、ずっと前から決まっていて。

「……俺もです。姫様のこと……大好き、ですけど……」

「『けど』って何よ」

「……俺は、人間です」

「知ってる。わたしの傍にいてくれた、優しい人間の男の子よ」

「……俺は、魔族じゃありません」

「それも知ってるわ。魔界の為に、たくさん戦ってくれたわよね」

「……それでも、いいですか」

「いいに決まってるでしょ」

むすっ、と子供っぽく頬を膨らませる姫様。どうやら何かご立腹らしい。

「なによ。実はわたしのこと、嫌いなの？」

「そんなわけないじゃないですか」

「ならいいじゃない。人間だとか、魔族だとか。そんなこと、どうだっていいじゃない」

まったく、このお方は……この島がこれだけ種族間の問題で色々と大変だったっていうのに、

『そんなこと』で片付けちゃうんだからな。

「ねぇ、リオン。わたし、まだちゃんとした返事を貰っていないんだけど」

「……俺も、好きですよ。姫様のことが、世界で一番……他の何よりも大切で、大好きです」

ちょっとぎこちないけれど、俺の想いを伝える。姫様は頬を赤くして、笑いかけてくれた。

「……ふふっ。嬉しいものね。こうして、リオンから『好き』って言ってもらうのって」

「それはよかったです」

こうして告白すると、気恥ずかしい感じもするけれど……彼女に対するこの感情が、とても愛おしいものだと素直に思える。

それからしばらく、俺たちは一緒にいた。

互いに肩を寄せ合って、景色を眺めて。


――俺たちは、主従から恋人になった。

☆

『四葉の塔』での騒動を終えた翌日。真新しいベッドの上で、俺は気配を感じて目が覚めた。

「…………姫様?」

「あら、おはよう。目が覚めたのね」

「…………なんで俺のベッドに潜り込んでいるんです?」

「前からしてみたかったことを、恋人になったから遠慮なく実践してみようと思ったの」

にへーっと幸せそうに笑う姫様を見ていると、注意をする気力も起きない。……まあ、いいか。

「せっかくだし、お散歩に行きましょう」

有無を言わさずとはまさにこのことで、俺は姫様に連れられて外に飛び出した。

手を繋ぎ、指を絡めながら散歩をして。辿り着いたのは、噴水のある街の広場だ。

ちょうどここでデレク様とローラ様の衝突を目撃したんだっけ。

「この広場って、恋人たちがよく手を繋いで過ごす場所らしいの」

「そうだったんですか。……ああ、だから魔界にいた頃、熱心に島の情報を調べてたんですね」

そんなところも愛らしいとか言わない方がいいかな。……恥ずかしいし。

「ここで、こうしてリオンと恋人として過ごせるなんて……とっても嬉しい」

「あはは……それはよかったですけど…………魔界に帰ったら、大変なことになりそうですねぇ」

「あら、どうして？」

「いや、だってほら、魔王様に俺たちの関係も説明して、挨拶もしなくちゃですし……」

魔王様は姫様のことをかなり溺愛していらっしゃるからなぁ……最悪、殺されてしまうかもしれない。死なないけど。

「それなら大丈夫よ。島に来る前、お父様と取り引きしたから」

「取り引き？」

「ええ。『獣人族と妖精族の島主を和解させる任務を無事に終えられたのなら、わたしとリオンの結婚を認める』って」

「俺当事者ですけど何も知らないんですが!?」

「今教えたわ」

「遅すぎますよ！」

なんてメチャクチャをするお方だ！

「……だから。わたしたち、もう結婚しても大丈夫なのよ?」

「えっ」

姫様の綺麗な指が、俺の唇を押さえた。これ以上、うだうだ言わせまいとしているかのように。

「――リオン。わたしと結婚しなさい」

「あ、はい…………」

姫様と恋人になった翌日。

――俺たちは、恋人から夫婦になった。

番外編　「わたしのリオン」と呼ぶわけは

「――――リオン。わたしのリオン」

名前を呼ぶ。丁寧に、慈しむように。

わたしの中に在るきもちを、たっぷりと込めて。

「はい。なんでしょう、姫様」

ついさっき、恋人からわたしの（未来の）夫になったリオン。

屋敷に戻ってきたわたしたちは、居間で寛いでいた。一緒のソファーに座り、わたしは彼の肩に身体を委ねて心の底からリラックスした姿勢をとっている。

ちなみにマリアは新しい武器を仕入れる必要があるというので、今は出かけている。

お屋敷の中に二人きり。そこでわたしは、とても重要な質問をすることにした。

「デレクと模擬戦をした時のことを覚えているかしら？」

「覚えてますが……それがどうかしたんですか？」

リオンは可愛らしく首を傾げる。急にこんなことを訊ねたものだから、ちょっとだけ困惑しているみたい。

「そう。だったら、ご褒美の件も覚えているわよね？」

この一言で、リオンの表情が固まった。

あまりにも愛らしい反応に今すぐにでも抱きしめたくなるけれど、そこはぐっと我慢する。

鍵集めの過程で、リオンはデレクと模擬戦を行った。その時、わたしはリオンにこう言った。


――もしこの模擬戦に勝てたら……わたしが、ご褒美をあげる。

結局リオンはご褒美を拒んだけれど、

「あの時は『考えておきます』って言ったわよね。考えるには十分な時間があったと思うけど？」

「ま、まだ保留しておくことって……」

「だーめ」

退路を塞ぐと、リオンはどうすればよいのかまだ決めかねているらしい。慌ててどうするべきかを考えている。……かわいい。

「ひ、姫様。どうしてそんなにご褒美にこだわるんですか？」

「だって、リオンはいつもわたしのために色々なことをしてくれているでしょう？　だからたまには、わたしからリオンに何かしてあげたいのよ」

「俺が姫様に色々なことをするのは、魔王軍の一員として当然なんですが……」

「ふーん。それじゃあリオンは、義務感だけでわたしの傍に居てくれていたの？」

ちょっぴりいじわるな質問をすると、リオンは根負けしたように表情を崩した。

「違います……俺が、姫様の傍にいたいと思ったからです」

「ありがと」

つい顔が綻んでしまう。リオン本人は気づいていないかもしれないけれど、彼からはとてもたくさんの愛情が伝わってきたから。

「さ、遠慮せずご褒美を言いなさい」

「うーん……えっと、じゃあ一つだけ」

「何かしら？」

「姫様が俺を呼ぶ時のあの……『わたしのリオン』ってあるじゃないですか。あれ、どうしてそういう呼び方をされるんですか？」

「……その質問に答えることが、リオンが欲しい『ご褒美』？」

「はい。ダメですか？」

「ダメじゃないけれど……そんなのでいいの？」

予想外だった『ご褒美』の内容に、わたしは呆気に取られてしまった。

「ええ。正直、ちょっと気になってたことではあったので」

「んー……構わないけれど。ホントにそれでいいの？　もっと他に、してあげられることもあると思うけれど」

「構いませんよ。むしろ姫様には、俺が色々としてあげたいぐらいなんですから」

リオンの言葉に、胸がきゅんとする。自分のことが単純だと思うことがたまにあるけど、今は特にそう思う。

「いいわ。教えてあげる」

とはいえ、改めてあの理由を話すとなると、照れる。だけどリオンが望んだ『ご褒美』なら、応えないわけにはいかない。

「……ちょっと長くなるけれど、別にいい？」

「はい。姫様のお話を聞くのは楽しいので」

どうしてリオンは、こんなにもわたしが嬉しくなるようなことを言ってくれるのかしら。

「そうね……きっかけは、お父様の言葉だったわ」

☆

あれは、わたしが五歳の頃。

人間界での旅行を経て、リオンへの恋心を自覚した、少し後のことだった。

「おとうさま。リオンはまおうぐんのへいしになるのよね？」

「ん？　ああ。本人の希望だからね。それがどうかしたのかい？」

「だったら、リオンをわたしのごえいにしてくれる？」

「それは本人次第だが……しかし、本当にそうなるとしたら、リオンはアリシアのものになるわけだな」

「リオンが……わたしのものになる？」

「そうだ。魔王とは『支配』を司る存在。魔王軍の全ては魔王のものであり、つまりはいずれアリシアのものになるということだ。それと同じで、リオンが専属護衛になるということは、それはアリシアのものになるということだし、同時に責任も生まれる」

「リオンが……わたしもの」

当時のわたしは、お父様の言葉を完全に理解することは出来なかった。だけど、漠然とだけど。

リオンという一人の男の子の人生を預かる責任が伴うのだということは分かった。

「リオン。わたしのリオン」

最初は、その事実を確かめるための一言だった気がする。

でも次第に、少しずつ。

わたしの中で、その言葉の意味が変わってきた。


――――わたしが十歳の時。

リオンは魔王軍の兵士となっていた。

毎日のようにボロボロになるまで身体を鍛えていたし、魔族に交じって厳しい戦闘訓練に明け暮れていた。四天王の皆に可愛がられながらも、魔族基準の訓練についていくのは大変みたいで。

帰ってきてはすぐにベッドで眠りにつく日々が続いていた。

わたしはこっそりリオンの部屋に忍び込んで、寝顔を見るのが日課になっていた。

その日はレイラが部屋にいて、慈愛に満ちた表情で眠るリオンを傍で見守っていた。

「あら姫様、いらっしゃい。今日も寝顔を見に来たの？」

「そうよ。寝顔ばかりなのが、寂しいけどね」

リオンの部屋は魔王城の中にある幼少の頃から使っているものだ。最初は、リオンは魔王軍兵士の寮に行こうとしていたけれど、それはわたしや四天王の皆が止めた。

魔王軍兵士の中でも珍しくリオンは人間だ。当然、周囲からは奇異の目で見られることもあるだろう。特別扱いを受けていると、やっかみを受けても仕方がない立場にある。

「だからこそ。アタシたちはリオンを甘やかしたいんですよねぇ。人間なんだもの。そこは変えられない。どうしたって周囲とのズレは生まれてしまう。敵だって作りやすい立場にいるし、だったら尚更アタシたちが味方になってあげないと、この魔界じゃあ相当生きづらいですもの。甘やかされるぐらい、いいじゃないですか。そもそも、この子の面倒を見るって決めたのはアタシたちですしね」

というのはレイラの言葉だ。

つくづく思う。リオンは愛されている。四天王の皆から、たっぷりと愛されている。

「…………わたしだって、ちゃんと好きよ」

彼の頬を、指でつつく。

何も知らないリオンは、ただすやすやと可愛らしく眠っていた。

「リオン。わたしのリオン」

四天王の皆から愛され過ぎて、嫉妬していたんだと思う。

だから、それは自分自身に言い聞かせるための一言になった。

――わたしが十三歳の時。

リオンは魔王軍の中でも頭角を現し、既に周囲から実力を認められるまでになっていた。

通常の訓練の後は四天王の皆からの特訓を受ける。魔族ですらそこまでのハードな日々を耐え抜くことはそうそう出来ないけれど、リオンはそれを見事にやり遂げた。

わたしは、そんなリオンに誇れる立派な主になるために、勉学に励み己の魔法や魔力を鍛え、洗練させていた。勉強や鍛錬の息抜きに色んな魔道具《マジックアイテム》を開発していて、それが魔界の発展に貢献しているらしかったのは思わぬ収穫だった。この頃になると、転移魔法の暴発も収まっていた。リオンに見つけてもらうこともなくなったのはちょっぴり寂しかったけれど。

「姫様。休憩を挟まないと、身体に毒ですよ」

部屋で夜更かしをしながら研究していると、リオンが温かいお茶を持ってきてくれた。

魔王軍で実力をつけたリオンは、正式にわたしの護衛になっていたので、こうした身の回りのことも面倒を見てくれることが多くなっていた。それだけじゃない。わたしと一緒にいる時間が多くなったし、その合間にもリオンは四天王の皆から鍛錬をつけてもらったり、任務もこなすようになっていた。

「ありがと、リオン。ほら、あなたもここに座って？」

「ちょっとだけですよ」

わたしは机から離れ、部屋のソファーに身を沈める。隣の空いているスペースに来るように促すと、リオンは苦笑しながら隣に座ってくれる。

そうして、彼が持ってきてくれるお茶を一緒に飲むのが当たり前の日常になっていた。

たまにこうやって夜更かしをして過ごす、ささやかな時間がわたしは大好きだった。

窓の外には夜空と、そこに描かれる星々が輝き、煌めき、瞬いている。

まるでこの世界にわたしたち二人しかいないような気がして。

「これを飲んだら寝てくださいね」

「……やだ」

「あなたはいずれ魔王となる方なんですから。お体は大切になさってください」

だって寝ちゃったら、この時間が終わってしまうじゃない。

……なんてわたしの気持ちは、リオンは全く理解していなそうだ。

「リオン。明日は任務があるのよね？」

「はい。ですので、明日はレイラ姉貴が姫様の護衛につくことになっています」

「……今度は、ちゃんと無事に帰ってきてね」

つい最近もリオンは任務で遠くに行っていた。帰ってきた時には全身ボロボロになっていて、あの時は本気で心配した。……あの時はというか、心配している時はいつも本気だけど。

「一応、俺も魔王軍の一員です。任務を行うのは、魔界の平和に貢献するため。死んだら貢献できませんだから死ぬつもりはありませんし、頑張りますよ」

「そうじゃなくて」

リオンは鈍い。その鈍さが愛おしくもあり、心配でもある。

まだ漠然としていたけれど、放っておくとリオンがどこかに行ってしまいそうな気がして。

「リオン。わたしのリオン」

自分でも自然に手が伸びていた。頬に触れ、優しく撫でる。

それは、繋ぎ止めるための一言だった。どこかに行ってしまわないように。帰ってきてほしいという思いを、伝えるために。

「魔界の平和に貢献するとか、そんな理由で闘わないで。出来るだけ、傷を負わずに。無事に帰ってきなさい。わたしに心配をかけさせないで」

「……………分かりました。無事に帰ってきます」

その翌日、リオンは任務を見事達成し、無事に帰ってきてくれた。


――――わたしが十四歳の時。

その日は、特別な日だった。

漆黒のドレスに身を包み、魔王城の中に在る特別な儀式の間にわたしは佇む。

周囲には四天王の皆やお父様がいて。

リオンは、片膝をついてわたしの傍で跪《ひざまず》いていた。

まるで物語の中にいる騎士のように。

「いよいよね、リオン。準備はいいかしら？」

「…………はい」

「浮かない顔ね。どうしたの？」

「いえ……姫様から『権能』を授けていただけることは、この上ない光栄です。しかし、果たして本当に、俺でよかったのでしょうか。人間である俺よりも相応しい人物がいるのではと……考えてしまうのです」

「あなたを認めたのは、わたしだけじゃないわ。四天王の皆も、お父様も……魔王軍の皆もよ」

既にリオンは幾つも困難な任務を達成して、その実績は魔王軍の兵士たちも認める程にまでなっていた。人間であっても、リオンは確かに皆から信頼されていた。

「あなたは強くなって、実績を積んで、確かな信頼を勝ち取った。そうでしょう？　だから顔を上げなさい。前を見なさい。わたしが『権能』を授けるのよ。そんなしょぼくれた顔をするのは許さないんだから」

少しして、リオンは微笑んでくれた。

そして、儀式が始まる。

わたしが片膝をついて跪くリオンに対し、手を向ける。

自分の中に在る『権能』の輝きを解き放つ。

「司りしは支配の王冠。蹂躙せよ、理《ことわり》の鎖。遍く世界、夜空の星々。輝き煌めき瞬き宿れ」

漆黒の輝きが迸り、わたしの手に宿る。

それはまだ不安定に揺らめき、暴れ狂っているかのようだ。

「我は天、汝は星。今此処に、『支配』の契約を」

詠唱を終え、輝きが安定化する。

この手に触れれば、彼の中に『支配』の『権能』が授けられる。

リオンは無言のまま、ゆっくりと手をとる。

ふわり、と。
柔らかな輝きがリオンの中に流れ込み、『権能』を与える……成功だ。
ほっと安堵したわたしは、お父様の言葉を思い出していた。

――――そうだ。魔王とは『支配』を司る存在。魔王軍の全ては魔王のものであり、つまりはいずれアリシアのものになるということだ。それと同じで、リオンが専属護衛になるということは、それはアリシアのものになるということだし、同時に責任も生まれる。

わたしはリオンに『権能』を授けた。
力を授けた者としての責任が生まれた。
……その責任から、決して逃げないと誓った。
王族として。主として。わたしは、彼の傍に居る。
「――――リオン。わたしのリオン」
事実を確かめるための一言だった。
自分自身に言い聞かせるための一言だった。
繋ぎ止めるための一言だった。
そして、この時は………力を与えた者としての決意をカタチにした一言だった。

☆

「………というわけだから、理由っていうのはその時によって変わるのよ」

「そ、そうですか……」

ちょっぴり長いお話が終わった。

リオンは顔を真っ赤にしている。どうやら照れているらしいけれど……それで言うと、わたしの方が恥ずかしかった。今までずっと胸に秘めていた気持ちを、こうして言葉にして話したんだから。

「えと……姫様。もう一つ、聞いてもいいですか？」

「なに？」

「その時によって理由が変わるのは分かりましたが……じゃあ、ついさっきのは、どんな理由で呼んでくれたんですか？」

リオンに問われ、わたしは黙り込む。

改めて口にするのも恥ずかしい。でも、隠す理由もない。

「……あ、」

「『あ』？」

「…………………愛情表現、よ…………」

照れくさくて、ついリオンから顔を逸らしてしまった。

「愛情表現、ですか？」

「そ、そうよ。悪い？」

「いえ……悪くはありませんけど……ふふっ」

「な、なに？　急に笑って」

「すみません。ただ、照れている姫様が珍しくて……それに、あまりにも可愛らしくて、つい」

可愛らしいと言ってもらえたのは、とても嬉しい。でも、なんだか負けた気分になってちょっと面白くない。

「……これでご褒美はおしまい。リオン、お茶を淹れてくれるかしら。お話しすぎて喉が渇いちゃったわ」

「はいはい。分かりましたよ」

温かい笑みを浮かべたまま、リオンは立ち上がってお茶を淹れに行ってくれた。

しばらくして、落ち着いた香りが漂ってきた。

「あれから時間も経ったけど…………何も変わらないわね」

たとえ魔界から楽園島に場所が変わっても、何も変わらない。

夜更かしをしながら一緒に飲んだお茶の香りも――リオンと過ごす時間の愛おしさも。

あとがき

はじめましての方が大半だろうと思いますのではじめまして。

左リュウと申します。

今回は『人間だけど魔王軍四天王に育てられた俺は、魔王の娘に愛され支配属性の権能を与えられました。』をお手にとって頂きありがとうございます。

なんかめちゃくちゃ長いタイトルで、「もうちょっと短くまとめときゃよかったなぁ」「もうちょっと格好いいタイトルにしときゃよかったなぁ」と若干後悔しています。編集さんとのやり取りに使う時は面倒なので「人間だけど〜」みたいに略されてます。もうちょっとカッコイイ略称とかあれば教えてください。

ここからは、ほんのちょっぴりネタバレ込みの話になりますので、本編未読の方は読み飛ばしてください。

この作品はもともと「金髪ロングお嬢様ヒロイン好き」と「炎の拳で殴りながら戦うのカッコイイから好き」から始まり、そこからアリシアとリオンという二人が生まれました。特にアリシアを好き放題させせるのは書いていて楽しかったです。アリシアはこれからも好き放題します。……という一方で、リオンが主人公の割に全然活躍しないという事態になっており、ちょっと申し訳ないなと思っています。でも最後の方では「王子様」としての役割を果たしてくれたので、アリシア的にはなんだかんだ幸せだと思います（余談ですが、リオンとアリシアのセリフの一部にはちょっとしたルールがあります）。

では、最後に謝辞を。

リオンとアリシアの二人を書くのは楽しく、最初は文字だけの存在だった彼らをイラストという形で表に出してくださった、イラストレーターのmmu様。ラフが上がってくるたびにワクワクドキドキしております。とても素晴らしいイラストの数々をありがとうございました。特に表紙イラストが素晴らしいですね。「この作品はこういう作品です」というのが一目で分かる、まさにこの作品にとってこれ以上ない表紙となりました。ありがとうございます！

担当編集者のM様。この作品を拾ってくださりありがとうございました。見つけて頂けたことは何よりの幸運です。また、素晴らしい作品になるよう尽力してくださりありがとうございました。

そしてこの作品に関わってくださった方々、この本を手にとってくださった読者の方々。

本当に本当にありがとうございます。

あなた方に関わって頂けて、この作品は幸せです。

お手にとっていただき
ありがとうございました!!

mmu.

アニメ
10月放送
スタート!!
私、能力は平均値でって言ったよね！
FUNA
私、能力は平均値でって言ったよね！
FUNA
私、能力は平均値でって言ったよね！
FUNA
私、能力は平均値でって言ったよね！
FUNA
私、能力は平均値でって言ったよね！
FUNA

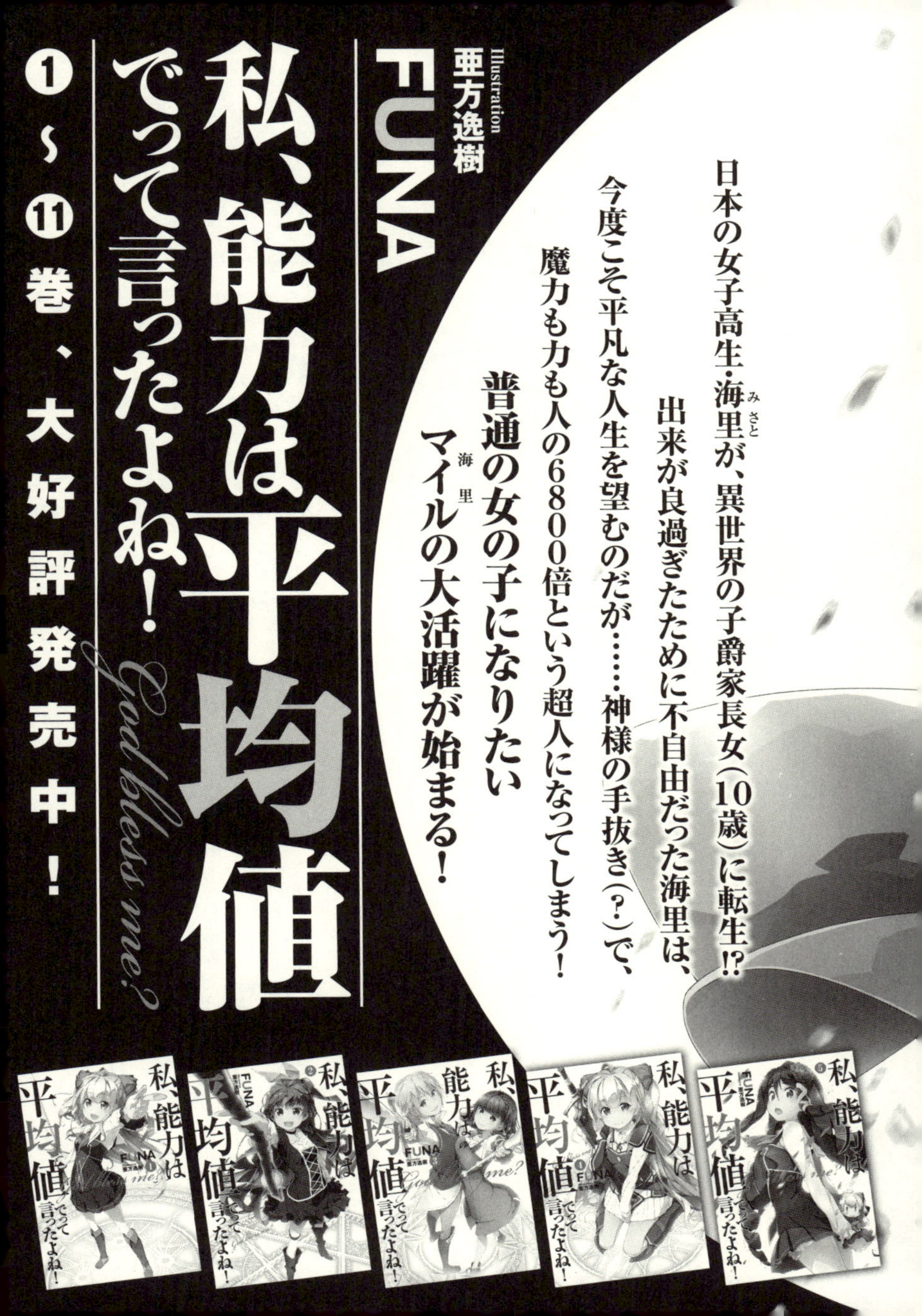
日本の女子高生・海里《みさと》が、異世界の子爵家長女（10歳）に転生!?
出来が良過ぎたために不自由だった海里は、
今度こそ平凡な人生を望むのだが……神様の手抜き（？）で、
魔力も力も人の6800倍という超人になってしまう！
普通の女の子になりたい
マイル《海里》の大活躍が始まる！
私、能力は平均値でって言ったよね！
God bless me?
FUNA
Illustration 亜方逸樹
1～11巻、大好評発売中！

二度転生した少年は
Sランク冒険者として
平穏に過ごす
～前世が賢者で
英雄だったボクは
来世では地味に
生きる～
十一屋翠
illustration
がおう
コミカライズも
好評連載中!!
マンガUP!で検索!!

「また転生してしまった」
賢者、英雄という二つの前世を持って転生した少年、レクス。
前世の記憶から目立つことが危険だと学んだ彼は
新たな人生では地味に生きようと決意し
念願だった冒険者になって日銭を稼ぐ毎日を送るのだが、彼は知らない……。
「すみませーん、薬草採取してたら
ドラゴンに襲われたんで
ついでに狩ってきました」
自分の地味がどれだけ派手かということを!!
二度転生した少年による、
痛快×爽快ファンタジー。
シリーズ好評発売中！
二度転生した少年はSランク冒険者として平穏に過ごす
～前世が賢者で英雄だったボクは来世では地味に生きる～
十一屋翠
がおう
1
二度転生した少年はSランク冒険者として平穏に過ごす
～前世が賢者で英雄だったボクは来世では地味に生きる～
十一屋翠
がおう
2
ノベル第3巻は今夏発売予定!!

シリーズ累計
52万部突破！
2億1000万PV超の
大人気転生ファンタジー

EARTH STAR NOVEL

人間だけど魔王軍四天王に育てられた俺は、魔王の娘に愛され支配属性の権能を与えられました。1

発行 ―――― 2019年8月10日　初版第1刷発行

著者 ―――― 左リュウ

イラストレーター ―――― mmu

装丁デザイン ―――― 石田 隆（ムシカゴグラフィクス）

発行者 ―――― 幕内和博

編集 ―――― 増田 翼

発行所 ―――― 株式会社 アース・スター エンターテイメント
〒141-0021　東京都品川区上大崎 3-1-1
目黒セントラルスクエア　5F
TEL：03-5561-7630
FAX：03-5561-7632
https://www.es-novel.jp/

印刷・製本 ―――― 図書印刷株式会社

ISBN 978-4-8030-1328-3